Uwe Goeritz

Frauenwege und Hexenpfade

Bibliografische Information der Deutschen Nationalbibliothek:

Die Deutsche Nationalbibliothek verzeichnet diese Publikation in der Deutschen Nationalbibliografie; detaillierte bibliografische Daten sind im Internet über http://dnb.dnb.de abrufbar.

© 2017 Uwe Goeritz

Coverfoto: Marion Jana Goeritz

Herstellung und Verlag: BoD – Books on Demand, Norderstedt

ISBN: 978-3-7448-3364-6

Inhaltsverzeichnis

Frauenwege und Hexenpfade

Anfang des 14. Jahrhunderts brach über Europa eine kleine und viele hundert Jahre anhaltende Eiszeit herein. Nach den warmen Jahrhunderten zuvor kam nun eine Zeit des Hungers und der Unwetter. Unruhen und Krankheiten dezimierten die Bevölkerung Mitteleuropas in einem nie zuvor gekannten Maß.

Diese Geschichte handelt in der Zeit von 1321 bis 1337 und erzählt vom harten Wege dreier unterschiedlicher Frauen. Karola, die Nonne, Maria, die Bäuerin und Bärlinde, die freie Frau aus dem Wald, treffen in dieser Zeit zusammen. Sie vereinigen ihre Kräfte und Fähigkeiten. Sie helfen sich gegenseitig und versuchen anderen Frauen beizustehen. Immer in der Gefahr, als Hexen verbrannt zu werden.

Die handelnden Figuren sind zu großen Teilen frei erfunden, aber die historischen Bezüge sind durch archäologische Ausgrabungen, Dokumente, Sagen und Überlieferungen belegt.

1. Kapitel

Der Hungerwinter

$\mathfrak{M}$it vor Schrecken geweiteten Augen drückte sich das Mädchen mit dem Rücken gegen die Hüttenwand. Sie starrte auf den Vater, der die Mutter immer wieder schlug. Das Mädchen war gerade zwölf geworden und die Älteste von fünf Geschwistern. Schon oft hatte der Vater die Mutter oder sie geschlagen, aber noch nie so, wie dieses Mal. Sie hatte Angst um die Mutter und wagte doch, aus Furcht vor dem Vater, keine Bewegung.

Verstört sah sie die Mutter blutend zu Boden gehend. Der Vater verließ im Zorn die Hütte und nun konnte sie der Mutter endlich helfen. Mit einem Tuch und etwas Wasser wusch sie die Platzwunde über dem Auge der Mutter aus. Immer wieder horchte sie zur Tür und fürchtete die Rückkehr des Vaters. Weit weg war er sicher nicht. Er hatte die Jacke nicht mitgenommen und draußen war es bitterkalt.

Sicher war er nur in den Stall gegangen. Karola, so hieß das Mädchen, setzte die Mutter auf die Bank am Herdfeuer und räumte dann die Scherben der Schüssel weg, die der Mutter zu Boden gefallen war und welche den Wutausbruch des Vaters ausgelöst hatte. Die Mutter war wieder mit einem Kind schwanger und Karola hoffte, dass dem Geschwisterchen durch die Wut des Mannes nichts passiert war.

Sie hatte die Spuren gerade beseitigt, als der Vater zurück in die Hütte kam. Die Arbeit im Stall hatte ihn etwas ruhiger gemacht und doch verschwanden die Kinder lieber in die hinterste, dunkelste Hälfte der Hütte. In ihren zwölf Jahren hatte sie schon einige Hungerwinter erlebt, aber dieser Winter war der Schlimmste, den Karola kannte. An manchen Tagen zog sie die trockene Rinde vom Brennholz ab und kaute stundenlang darauf herum. Das machte zwar nicht satt, aber es gab ihr ein gutes Gefühl. Außerhalb der Hütte lag der Schnee so hoch, dass Karola sich einen Gang hätte graben können und in dieser Höhle zur Nachbarhütte gehen könnte, ohne dass die Sonne sie sehen würde. Nur zwischen Haus und Stall waren Pfade freigeschoben, so dass sie zum angrenzenden Stall hinüber gehen konnten, um die Tiere zu versorgen.

Es war der Winter des Jahres 1321, seit zwei Monaten gab es nur die Hütte und den Stall, sonst nichts. Keine Besuche und keine Ablenkungen. Wenn die Vorräte erschöpft gewesen wären, oder jemand krank geworden wäre, so hätte ihnen erst nach der Schneeschmelze jemand helfen können. Viele Alte und Kinder würden diesen Winter sicher nicht überleben. In einigen Wintern, an die sich Karola noch gut erinnern konnte, war die Hälfte der Kinder des Dorfes gestorben. Man legte sie einfach vor die Tür in den Schnee und wartete bis zum Frühjahr, um sie danach zu beerdigen. Vor allem die kleineren Kinder hatten dem Wetter und dem Hunger oft nichts entgegen zu setzen. Seit ein paar Tagen hustete auch ihr kleiner Bruder, er war erst fünf Jahre alt und doch schien es so, als ob er diese Welt demnächst wieder verlassen würde.

Offensichtlich hatte auch die Mutter das Kind schon abgeschrieben und bemühte sich mit allen Kräften darum, die anderen vier am Leben zu erhalten. Immer geringer wurden die Rationen, die sie jeden Tag zu essen bekamen, aber sie konnten weder ein Schwein noch eine Kuh schlachten. Sie würden die Tiere im nächsten Jahr dringend brauchen. Zu essen gab es also meist nur einen Brei, von dem man nicht genau sagen konnte, was er enthielt. Vermutlich wurde der Anteil von Sägespänen, den die Mutter unter das Getreidemehl mischte, mit jeder Mahlzeit höher. Jeden Tag seufzte die Frau laut, wenn sie in den Vorratsraum ging und in die immer leerer werdenden Säcke schaute. Der Schnee würde sicher noch zwei Monate liegen bleiben.

Als das Mädchen noch ganz klein gewesen war, jünger wie ihr Bruder jetzt, da hatte sie sich noch satt essen können. Damals gab es nur ganz wenig Schnee und auch die Ernte war meist gut gewesen. Seit ein paar Jahren aber sah es so aus, als ob Gott sie strafen wollte.

Im Sommer war es viel zu nass, die Ernte verfaulte auf dem Feld, bevor sie diese in der Scheune hatten. Das Vieh schrie im Stall vor Hunger und im Winter lag der Schnee so hoch, dass die Dächer der Häuser unter der Last ächzten. Es blieb nur zu schlafen und sich so wenig wie möglich zu bewegen. Wer in der Kälte aus der Hütte musste, der war schon nach wenigen Augenblicken durchgefroren. Karola begann selbst bei dem Gedanken daran schon zu frieren. Sie kroch auf den Strohsack unter die Decke zu ihren Geschwistern. Ihr Bruder strahlte eine solche Hitze aus, dass es ihr fast zu warm wurde. Seine Stirn war ganz heiß, als sie die Hand darauf legte. Was konnte sie für ihn tun? Nichts! Die Kinder drängten sich ganz dicht an den kleinen Körper und nutzten ihn als Wärmequelle. Schließlich schlief Karola ein.

Als das Mädchen wieder erwachte war ihr Bruder ganz kalt und steif. Sie schrie auf und die Mutter kam zu ihnen an das Bett. Sie zog den kleinen Körper aus dem Bett, drückte ihn noch einmal und brachte ihn nach draußen vor die Hütte. „Ein Esser weniger." murmelte sie leise, als sie wieder in die Hütte zurückkam. Der Hunger hatte sie resignieren lassen und sie war vollkommen abgestumpft geworden. Sie war ja wieder schwanger und bei diesem Hungerwinter würde sie das Kind sicher nicht halten können. Vermutlich würde sie es noch vor der Schneeschmelze verlieren und dann draußen zu seinem Bruder vor die Hütte in den Schnee legen. Karola sah die leeren Augen der Mutter und versuchte sie etwas zu trösten, doch Trost war offensichtlich nicht möglich. Die Frau schob das Mädchen einfach zur Seite und begann den täglichen Brei für die Kinder vorzubereiten.

Wenn der Vater nicht im Stall war, so saß er an der Feuerstelle und starrte vor sich hin. Von Zeit zu Zeit blickte er auf und sah seine Familie so an, als ob diese Schuld an dem Winter wäre. Karola versuchte immer einen großen Bogen um den Mann zu machen, doch meist gelang ihr das nicht. Die Hütte war dafür einfach nicht groß genug. An der Außenwand, die dem Feuer am weitesten entfernt war hatte sich innen ein dicker Eispanzer gebildet. Nur am Feuer oder im Bett war es einigermaßen zu ertragen. Karola lief mit einer Schüssel an ihrem Vater vorbei und stolperte, sofort setzte es einen Hieb, obwohl sie die Schüssel sicher festgehalten hatte und nichts passiert war. Einfach nur so.

2. Kapitel

Abschied für Immer

er Winter war vorbei und es hatte bis Anfang Mai gedauert, ehe der letzte Schnee geschmolzen war. Sie waren nun nur noch drei Kinder in der Familie und auch das Ungeborene hatte die Mutter verloren, weit vor der eigentlichen Zeit. Der geschwächte Körper der Frau hatte das Kind einfach abgestoßen und niemand hatte etwas daran ändern können. In den anderen Familien des Dorfes sah es fast genauso aus. Wie befürchtet waren nur die größeren Kinder am Leben geblieben. Eine der Hütten war unter der Schneelast eingestürzt und dort hatte keiner der Bewohner überlebt. Die späte Aussaat und das schlechte Wetter ließen auch für die Ernte dieses Jahres keine guten Aussichten zu.

Jeden Tag, wenn sie zum Stall ging, schaute Karola nach oben auf die niedrig hängenden Wolken. An den meisten Tagen musste sie im strömenden Regen zum Stall laufen. Das waren zwar nur ein paar Schritte, aber es reichte aus, dass sie vollkommen durchnässt wurde. Jeden Tag ging der Vater auf das Feld und jeden Tag kam er mit schlechterer Laune zurück. Alle in der Familie versuchten ihm aus dem Weg zu gehen und dennoch gab es den einen oder anderen Hieb, selbst für Kleinigkeiten. Die Angst vor der Gewalt hatte in der Hütte Einzug gehalten. Drei Kinder waren sie nun noch. Karola, die älteste, ihre Schwester Gertrut, die acht Jahre alt war und der Bruder Wolfgang mit sieben Jahren. Schweigend saßen sie am Abend, zu der einzigen Mahlzeit des Tages, am Tisch und fast immer standen sie mit knurrendem Magen wieder auf.

Hungrig gingen sie ins Bett und hungrig standen sie wieder auf. An den eingefallenen Wangen der Mutter sah Karola, dass sich die Mutter selbst das Nötigste vom Munde absparte, um es den überlebenden Kindern zukommen zu lassen. Aber der Regen ließ ihnen keine Hoffnung auf einen besseren Winter. Bei den zwei mageren Kühen standen schon die Rippen vor und das obwohl sie nun auf der Weide fressen sollten. Bei dem Regen wuchs einfach fast nichts und so wie die Kinder hatten auch die Tiere Hunger. Wenn aber die Tiere nicht überlebten, so würden auch die Menschen den nächsten Winter nicht überstehen.

Eines Abends legte der Vater fest, dass es viel zu viele Esser am Tisch gab. Er funkelte Karola zornig an und diese schaute betreten auf ihre leere Schüssel herunter. Wollte er sie verheiraten oder verkaufen? Schließlich war sie mit fast dreizehn Jahren in dem Alter, in dem man schon verheiratet werden konnte und da wäre der Vater sie los. Anscheinend war er sich aber noch nicht sicher, wie er die Anzahl der Mäuler verringern wollte und so ließ er seine Familie noch eine Nacht im Unklaren. Erst am nächsten Abend verkündete er, dass Karola in das Kloster gehen sollte. Fast erleichtert atmete sie auf, das war nicht die schlechteste Wahl gewesen. Wenn der Vater sie verkauft oder verheiratet hätte, so wäre es ihr sicher schlimmer ergangen.

Der Abschied wurde noch für die nächste Woche vorgesehen und damit war es entschieden. Einsprüche ließ er nicht zu und es hätte auch, in Anbetracht der Nahrungsknappheit, nichts gebracht. Der Mann war der Herr in seinem Haus und was er sagte, das war Gesetz. Widerspruch wurde mit Schlägen geahndet. Vom Leben im Kloster hatte Karola schon einiges gehört und vermutlich konnte es da nicht schlimmer sein, als hier in dieser Hütte auch. Sicher nur besser. Es kam bestimmt auch auf das Kloster an, in das sie gehen würde. Aber zum Ziel ihrer Reise war noch keine Entscheidung getroffen worden. Für den Weg zu Fuß kamen da nur drei Klöster in Frage. Besser gesagt zwei Klöster und ein Stift. In dem Stift würde sie es sicher am besten treffen und darum betete sie ein stilles Gebet, das der Vater sie in das Stift nach Quedlinburg schicken solle.

Mit Hoffen und Bangen begab sich das Mädchen in das Bett und musste doch noch fast eine Woche warten, bis nach dem Gottesdienst am Sonntag die Entscheidung getroffen werden sollte. Anscheinend wollte der Vater noch den Segen und Rat des Pfarrers einholen. Von nun an betet sie noch viel mehr, vor dem abendlichen zu Bett gehen, vor der kleinen Figur der Maria, die in einer Ecke des Raumes stand. Nun zählte sie die Tage bis Sonntag.

Nach dem Gottesdienst, den sie wie jeden Sonntag in der kleinen Kirche des Nachbardorfes beigewohnt hatten, trat der Vater zum Pfarrer und die beiden Männer redeten lange miteinander. Karola hatte sich in der Nähe vor das Kreuz gekniet und tat so, als ob sie beten würde. In Wirklichkeit hörte sie den Beiden aufmerksam zu, konnte aber nur Wortfetzen aufschnappen. Die anderen Besucher in der Kirche waren einfach zu laut und übertöten damit das Gespräch. Nach unendlichem Warten traten die beiden Männer an Karola heran. Mit gesenkten Blick, wie es sich für ein Mädchen schickte, stand sie auf und wartete auf das Urteil.

Als sie das Wort Quedlinburg hörte wäre sie den beiden Männern fast um den Hals gefallen, sie konnte sich aber gerade noch beherrschen und blickte zum Boden, um die Freude in ihrem Gesicht zu verbergen. Das Beten hatte geholfen! Bereits am nächsten Tag, nach der Arbeit im Stall, sollte sie aufbrechen. Der Pfarrer ging in einen Nebenraum und ließ sie vor dem Altar warten. Nach einiger Zeit kam er mit einem Schreiben zurück, dass er gerade verfasst hatte. Schwarze Kringel auf einem gelben Stück Pergament. Weder Karola noch ihr Vater konnten lesen. „Gib das im Stift ab." sagte der Pfarrer und drückte dem Mädchen das beschriebene Blatt in die Hand. Ehrfürchtig schaute sie auf diese Einladung in ein neues, und hoffentlich besseres Leben herunter.

Den ganzen Weg bis nach Hause und die ganze Nacht hütete sie das Blatt wie einen Schatz, denn genau das war es ja auch. Im Kloster würde sie sicher nicht hungern müssen. Hart arbeiten war sie gewohnt und beten konnte sie auch. Was sollte ihr also passieren? Am nächsten Tag verabschiedete sie sich von der Mutter und den Geschwistern, zum Schluss auch vom Vater, der sicher nicht im Traum daran gedacht hatte, dass er mit seiner Entscheidung seiner Tochter damit solch einen großen Gefallen getan hatte.

3. Kapitel

Ein weiter Weg

Sie sah sich nicht einmal um, als sie das Dorf verließ. Nur nach vorn sollte ihr Blick gehen. Die Sonne stand schon hoch am Himmel, und wenn sie noch vor der Nacht im Kloster sein wollte, dann musste sie sich beeilen. Der Weg war weit, der Pfarrer hatte ihr den Weg so gut er konnte beschrieben. Es dauerte nicht lang, bis sie in den ersten Regenguss kam, der ihre Sachen fast komplett durchnässte. Das wichtige Schriftstück hatte sie sorgsam eingepackt und sie hoffte, dass es nicht vom Regen durchweicht und somit vielleicht wertlos werden würde. Sie folgte einfach dem ausgefahrenen Pfad, den sie aber noch nie weiter als bis zum Nachbardorf gegangen war. Heute war das anders. Was würde wohl hinter dem anderen Dorf liegen?

Trotz des schlechten Wetters ging sie schnell voran. Wälder, Brücken, andere Dörfer sah sie und hatte doch gar keine Zeit zum Schauen. Würde sie wieder die Gelegenheit haben diese Dörfer zu sehen? Oder würden sich die Tore des Klosters für immer hinter ihr schließen? Sie wusste es nicht, sie wusste nur, dass alles andere besser war, als der Hunger und die Gewalt in dem elterlichen Haus. Diese Zuversicht trieb sie vorwärts, ihrem Ziel entgegen. Andere Menschen kamen ihr entgegen. Manchmal musste sie die Straße verlassen und an der Seite durch den knöcheltiefen Schlamm waten, wenn ein Wagen auf der Straße fuhr, oder ein Bauer ein paar klapprige Ochsen zum Verkauf in das nächste Dorf trieb. Überall abseits der Straße sah Karola, dass die Wiesen und Felder hier genauso aussahen, wie die in ihrem Dorf.

Aus manchem Haus starrten sie hungrige Kinderaugen an. Genau das war es, wovor sie eigentlich floh und was sie immer schneller vorwärts trieb. Weit vor sich sah sie die Spitze einer Kirche über die Bäume ragen. War das schon ihr Ziel? Als sie an einer Waldkante heraustrat, hörte auch der Regen auf. Ringsum dampfte das nasse Gras und vor sich hatte das Mädchen die Mauer einer Stadt. Hier musste sie richtig sein! Die Spitze der Kirche, die auf einer kleinen Erhebung stand, war immer noch deutlich zu sehen und nun ging sie einfach darauf zu. Die Straße führte zu einem Tor, an dem zwei bewaffnete Wachposten standen. „Ist das Quedlinburg?" fragte Karola, aber keiner der Beiden beachtete das nasse Mädchen. Sie drückte das Wasser aus ihren Haaren und ging einfach an den beiden Wachen vorbei.

Innerhalb der Stadtmauern waren sehr viel mehr Menschen unterwegs, aber auch hier lag überall Unrat an den Rändern der Wege. Eine Frau kippte eine Schüssel mit schmutzigem Wasser direkt vor den Füßen des Mädchens aus, so dass sie zur Seite springen musste, um nicht noch nasser zu werden, wenn das überhaupt noch möglich war. Niemand beachtete sie, alle hatten mit sich selbst genug zu tun und jeder, den sie Fragte, wie sie zum Stift gelangen konnte, sah durch sie hindurch, als ob sie gar nicht da war. Sie folgte einfach der Straße und hatte die Spitze der Kirche immer fest im Blick. Es ging Bergauf bis sie oben war und vor einer weiteren Mauer stand. An dieser führte die Straße entlang.

Endlich stand sie vor dem Tor und klopfte an. Die Tür schwang auf und eine Nonne schaute auf das Mädchen herab. Ohne ein Wort zeigte Karola das Dokument vor und wurde sofort eingelassen. Hinter ihr schloss sich das Tor wieder. Zusammen mit der Frau ging sie über den Hof und wurde zu einem Raum geleitet. In dem Raum waren zwei Männer und zwei Nonnen. Die beiden Nonnen standen an der Seite des Raumes. Einer der Männer las das Dokument, dann drückte er Karola auf einen Hocker, schlug ihr die Röcke hoch und drückte ihr die Beine auseinander. Er untersuchte sie gründlich und sagte dann zu den anderen „Sie ist noch Jungfrau." Karola hörte, wie die Feder über das Papier kratzte, dann stand der Mann auf. Er drehte sich zu den Nonnen und sagte „Nehmt sie auf, wascht, kleidet und entlaust sie. Sie stinkt ja wie ein ganzer Schweinestall." Danach drehte er sich zu dem anderen Mann um und ging von ihr fort.

Die beiden Nonnen nahmen Karola in die Mitte und führten sie aus dem Raum, eine Treppe hinunter und danach über den Hof zu einem anderen Gebäude. Karola hatte gar nicht das Gefühl, so schrecklich zu stinken, wie der Mann gesagt hatte. In ihrem Dorf wurde nur ein paar Mal im Jahr gebadet, wenn es im Sommer schön warm war und das Wasser im Teich noch sauber war. Die beiden Frauen brachten sie in einem Raum, in dem schon eine, im Moment noch leere, Wanne stand. Mit Eimern wurde warmes Wasser eingefüllt und sie musste ihre Kleider ablegen, die auch sofort in einem Kaminfeuer verbrannt wurden. Eine der Frauen schnitt ihr die langen Haare mit einer Schere ganz kurz und danach musste sich Karola in die Wanne setzen.

Die beiden Frauen schrubbten das Mädchen sauber und trockneten sie danach ab. Karola erhielt neue, saubere Kleidung und wurde von der Älteren der beiden Nonnen zu einem Zimmer gebracht. „Das ist dein Zimmer für die Zeit, die du nun bei uns sein wirst." sagte die Frau und öffnete die Tür. Zaghaft trat das Mädchen in den Raum ein. Etwa fünf Schritte lang und drei Schritte breit war er. Am anderen Ende ein kleines Fenster, durch das ein paar Sonnenstrahlen in den Raum fielen, ein Bett, ein Hocker und ein Kreuz in der Ecke. „Mein Zimmer?" murmelte sie. „Ja, dein Raum. Solange du hier im Kloster lebst, wirst du in diesem Raum schlafen. Wir sind hier zehn Nonnen, die Äbtissin und du." bestätigte die Nonne hinter ihr.

„Ich hole dich dann zum Essen ab." sagte die Frau und schloss die Tür. Bisher hatte Karola immer mit allen im selben Raum geschlafen. Auf dem Bauernhof gab es nur zwei Räume, die Küche und den Schlafraum. Auch ein eigenes Bett hatte sie noch nie gehabt. Das Mädchen setzte sich auf das Bett, es war zwar hart, aber weicher als der Strohsack bei ihr zuhause. Dankbar schaute sie auf das Kreuz an der Wand, dass so angebracht war, dass man es aus jedem Winkel des Raumes sehen konnte. Ein Talglicht stand auf einem Sims davor, es brannte aber noch nicht, weil es ja noch Tag war. So wartete sie nun auf die Dinge, die auf sie sicher zukommen würden. Draußen setzte langsam die Dämmerung ein.

4. Kapitel

An der Pforte des Klosters

Gertrut, so hieß die ältere Nonne, holte Karola in dem Zimmer wieder ab. Die Nonne war sicher über dreißig Jahre alt und mehr als wohlgenährt, wie Karola bewundernd feststellte. Bisher hatte sie nur dünne und ausgehungerte Frauen gesehen. Gemeinsam gingen sie in den Speisesaal hinüber, wo sich Karola still auf den letzten freien Platz an dem langen Tisch setzte.

Gertrut stellte sie kurz vor und verschwand danach in einem Nebenraum. Jüngere und ältere Nonnen saßen gemeinsam an dem Tisch. Vermutlich alle, die hier im Stift wohnten. Gertrut hatte von zehn Nonnen gesprochen. Der große Tisch war noch leer und eine der älteren Nonne sprach ein Gebet. Als alle anwesenden „Amen." sagten kam Gertrut zurück. Sie verteilte Schüsseln und Löffel. Dann brachte sie Brot und einen großen Kessel mit dampfender Suppe, den sie in die Mitte des Tisches stellte.

Das Mädchen schaute zu, wie eine der jüngeren Nonnen mit einem großen Schöpflöffel die Suppe verteilte und ihr blieb der Mund offen stehen. Da war richtiges Fleisch drin und sie erhielt ein großes Stück davon in ihre Schüssel. Karola traute sich gar nicht zuzulangen, aber schließlich hatte sie so großen Hunger bekommen, dass sie anfing die Suppe so schnell zu löffeln, dass ihr die Brühe wieder aus dem Mund lief und in kleinen Bächen am Mundwinkel herab floss.

Sie wischte sich mit dem Handrücken den Mund ab, so wie sie es von zuhause gewohnt war. Gertrut, die nun neben ihr saß, reichte ihr ein Stück Stoff und zeigte kurz, wie sie sich damit den Mund abwischen sollte. Nach der Suppe, als Karola schon aufstehen wollte, wurde noch Wurst und Käse gebracht. „Ist den heute ein Feiertag?" fragte sie leise die Nonne neben sich, doch die schüttelte den Kopf.

Das Mädchen stopfte sich voll, bis gar nichts mehr in sie hinein passen wollte. Mit einem Rülpser beendete sie das Mahl und konnte für einen Moment nicht mehr aufstehen. Eine der älteren Nonnen sagte, nachdem der Tisch abgeräumt war, „Gertrut wird sich ab morgen früh um dich kümmern. Du bleibst bei ihr und machst das, was sie macht und dir sagt." Karola nickte und stand auf.

Das Mädchen musste sich den Bauch halten, als sie langsam die Treppe zu ihrem Zimmer hinauf stieg. Jetzt war ihr irgendwie schlecht. Doch das gute Essen sollte drin bleiben. Für eine Weile konnte sie nicht einschlafen, als sie endlich in ihrem Bett lag, doch dann ging es. Nach dem Aufwachen kniete sie sich vor das Kreuz in der Ecke und bedankte sich für das Essen am Vorabend. Ein bisschen schämte sie sich dafür, dass sie es nicht schon am Abend zuvor gemacht hatte. Schwester Gertrut öffnete die Tür und sah die kniende Karola. Sie sagte „Zieh dich an. Wir müssen zum Gebet."

Gemeinsam gingen sie zu der Kirche hinüber. In großen Teilen der Kirche wurde noch gebaut, so dass nur ein kleiner Platz für die betenden Nonnen zur Verfügung stand. In diesem Raum, es war wie ein Gewölbe, saßen vorn schon die Nonnen und dahinter viele andere Frauen, von denen einige kostbare Kleider anhatten. Ein Pfarrer laß die Messe und die Frauen sangen alle mit. Karola saß mit vorn in der ersten Reihe, in der, auf der anderen Seite, auch die Äbtissin saß. Nach dem Gottesdienst strich die Äbtissin Jutta von Kranichfeld, die etwa 40 Jahre alt war, Karola über den Kopf und diese stand wie erstarrt vor der mächtigen Frau. Gertrut zog das Mädchen danach am Arm aus der Kapelle.

Das Stift hatte mehr das Aussehen einer Burg und vermutlich auch diese Funktion. Es lag auf einem kleinen Berg über der Stadt. Ringsum waren Mauern, auf denen auch einige bewaffnete Kämpfer Wache hielten. Einige Handwerker liefen über den Hof und alle grüßten die Nonne höflich. Karola kam das mit jedem Moment seltsamer vor. Außerhalb dieser Mauern war eine Frau einfach nichts Wert und hier machten die Männer sogar eine Verbeugung vor ihnen.

Mit der älteren Frau ging das Mädchen über den Hof zur Pforte. Ein paar, in Kettenhemden gehüllte und mit Schwertern bewaffnete, Kämpfer hatten das Tor bereits geöffnet und standen zur Kontrolle davor. Gertrut und Karola blieben innerhalb der Mauern an der Seite stehen. „Wir haben heute Dienst an der Pforte. Wir müssen den Einlass kontrollieren." sagte die ältere Frau. „Was sind denn meine Aufgaben hier?" fragte Karola und die ältere Frau zählte auf „Wir Nonnen sind für die Verwaltung des Stiftes, die Versorgung, den Kräutergarten und die Krankenbetreuung im Hospital zuständig. Wir wechseln uns immer gegenseitig ab. Ein paar von uns haben immer im Hospital zu tun." Dabei zeigte sie auf ein Gebäude, das unmittelbar vor dem Tor, am Fuße des kleinen Hügels, an der Seite der Straße lag. Sie unterbrach die Erklärung, um einen Ochsenwagen zu kontrollieren, den die Wachen gerade eingelassen hatten.

„Du wirst dir alles anschauen und später genau dasselbe machen." beendete sie die Erklärung und Karola nickte. Gertrut griff zu einer kleinen mit Wachs bezogenen Tafel, in die sie mit einem Holzgriffel ein paar Zeichen einritzte. Karola staunte und fragte sie „Du kannst schreiben?" „Ja." antwortete die ältere Nonne „Das muss ich können und du wirst es auch lernen. Wir müssen ja jeden Wagen aufschreiben. Woher er kommt und was er bringt. Die Tafel gebe ich dann heute Abend ab und dann werden die Angaben in das große Buch übernommen. Das Wachs wird wieder geglättet und so kann ich morgen wieder darauf schreiben und alles vermerken."

Bisher hatte das Mädchen noch keine Frau gesehen, die lesen und schreiben konnte. In ihrem Dorf konnte nur der Pfarrer lesen und schreiben. Ein paar der Männer konnten kurze Schreiben auch lesen, aber nicht so gut wie Gertrut. Ob sie das wohl auch lernen konnte? Sie schaute sich noch einmal die kleine Holztafel mit den seltsamen Zeichen darauf an. Gertrut sah den fragenden Blick des Mädchens und sagte „Du lernst das ganz sicher. Ich habe es auch gelernt, als ich in das Stift kam. Da war ich auch so alt wie du jetzt."

Diese Arbeit war nicht schwer und sie freute sich darauf. Am Abend wurden ihr die Gelübde abgenommen, die auch die Nonnen abgelegt hatten. Sie schwor der Äbtissin auf die Bibel, alle Gebote der Keuschheit, der Folgsamkeit und der Gottesfürchtigkeit einzuhalten. Auch an diesem Abend gab es wieder reichlich zu essen, aber sie war schon nicht mehr so ausgehungert wie am Vorabend.

5. Kapitel

Hohe und niedere Damen

Seit einem viertel Jahr war Karola nun schon in dem Stift und es wurde langsam Herbst. Bisher war das immer eine schlimme Vorstellung gewesen, da ja danach der Winter mit seinem Hunger kam, doch nun war alles anders. Hier hatte sie bisher jeden Abend satt zu essen gehabt. Es sah auch nicht so aus, als ob sich das die nächste Zeit ändern würde. Alles war genauso eingetroffen, wie sie es sich nur in ihren kühnsten Träumen hätte vorstellen können. Die Zeiten des Hungers und der Entbehrung waren vorbei und nur manchmal dachte sie noch an den vergangenen Winter zurück. Dann betete sie für die Seele des toten Bruders und all derer, die den Winter nicht überlebt hatten.

Jeden Tag hatte Karola das Gefühl, in einer vollkommen anderen Welt zu leben, als sie es vorher gewohnt gewesen war. Hier, hinter diesen Mauern, war alles anders. Draußen war eine Frau nichts wert, jeder konnte sie schlagen, demütigen oder erniedrigen. Hier im Stift waren die Frauen die Herren, die Äbtissin war die Lehnsherrin über das ganze Gebiet rund herum. Jeder Mann grüßte hier Karola. Manche sogar mit einer tiefen Verbeugung. Für das Mädchen war das am Anfang noch sehr ungewohnt gewesen.

Die meisten Frauen im Stift, die Nonnen und Karola mal ausgenommen, lebten hier in eigenen Haushalten. Es gab hohe und wohlgeborene Frauen, die von niederen Frauen, als Gesellschafterinnen, begleitet und von anderen Frauen, als Mägde, bedient wurden. Die meisten Frauen kannten und riefen sich bei ihren Vornamen. Bis auf die Äbtissin, die die Nonnen nur mit ihrem Titel und die anderen mit dem vollen Namen anredeten. Aber dies geschah fast von selbst. Alle waren ihr ja irgendwie unterstellt. Die Aufgaben der höheren Frauen waren die Gebete in der Kapelle für König Heinrich, dessen Grab sie hier behüteten, aber auch Handarbeiten wurden von ihnen gern gemacht. Oft auch in Gesellschaft mit den anderen.

An manchen Abenden trafen sich viele der Frauen in dem großen Saal, zu dem auch die Nonnen zutritt hatten, und in dem sich dann auch Karola niederließ. Auf einem der Hocker in der Ecke hörte sie dann den Erzählungen der Frauen zu, die aus ihrem Leben berichteten. Es waren immer spannende Geschichten für das Mädchen.

Hier hatte sie auch erfahren, dass die Äbtissin auch die Priester ihrer Dörfer einsetzen oder absetzen durfte. Den Pfarrer von Karolas Dorf kannte sie offensichtlich sehr gut. Sein Empfehlungsschreiben hatte Karola schließlich die Türen des Stiftes geöffnet. Eine höhere Frau aus der Gesellschaft war dem Mädchen besonders zugetan. Immer wenn sie dem Mädchen begegnete strich sie ihr über den Kopf. Uta, wie die Frau hieß, war sicher schon über fünfzig Jahre alt. Sie hatte schon graue Haare und war die Witwe eines Lehnsherren, die hier im Stift ihr Altersleben genoss, während ihr Sohn die Burg und das Lehen seines Vaters übernommen hatte.

Uta hatte sogar ein paar eigene Bücher mitgebracht, die sie Karola immer wieder zeigte. Bisher hatte sie sich immer nur die Bilder ansehen können, denn lesen hatte man dem Mädchen noch nicht beigebracht. Sie machte hier im Stift nur leichte Aufräumarbeiten und Hilfsdienste für die Mägde der vornehmen Frauen. Jeden Tag brachte ihr Uta nun das Lesen und auch das Schreiben bei. Auf einer dieser Wachstafeln, wie sie Gertrut am Tor gehabt hatte, übte sie. Mit einer Kerze konnte man das Wachs danach schmelzen und die Tafel war für die nächsten Übungen wieder bereit.

Am Anfang hatte sie sich noch ziemlich ungeschickt angestellt. Ihre Hände waren harte Arbeit und den Stiel der Mistgabel gewöhnt und nicht den dünnen Griffel. So sahen dann eben auch ihre ersten Buchstaben aus. Mit der Zeit lernte sie die Buchstaben und sie lernte gleichzeitig in Deutsch und Latein zu lesen. Zum Glück waren die Buchstaben dieselben. Auch alle Fragen, die sie hatte, konnte sie der erfahrenen Frau stellen. Manchmal fiel sogar ein Stück Kuchen für das Mädchen ab. Nicht dass sie es jetzt nötig gehabt hätte, da sie ja immer satt zu essen hatte, aber so ein Kuchen war schon etwas Besonderes. Erst recht, wenn er noch die Wärme des Ofens hatte.

Mit jeder Schulstunde bei Uta wuchs Karolas Selbstvertrauen. Sie konnte nun etwas, was die meisten Männer nicht konnten. Sie hatte gelernt in den Büchern das Wissen zu finden, das sie suchte. Einige Bücher waren schon uralt und nur bei Uta hatte sie die Zeit darin zu lesen. Daher ließ sie sich gern zum Küchendienst schicken, denn die Küche lag direkt neben Utas Räumen. Die Ausstattung war auch nicht so kärglich wie die von Karolas Zelle, sondern der Witwe eines sehr reichen Lehnsherrn angemessen. Auch Utas Kleider waren kostbar, bunt und reich bestickt. Oft fuhr das Mädchen mit dem Finger über die Borte mit den Stickereien.

So einen Reichtum hatte sie noch nie zuvor gesehen und er gehörte einer Frau! Trotz ihrer manchmal derben Worte war Uta eine hochgebildete Frau. Manchmal laß sie Karola auch Gedichte aus einem Buch vor, dann sah das Mädchen eine andere, weiche Seite der älteren Frau. Zu den anderen Stiftsdamen hatte Karola kaum Zugang. Einige waren Witwen wie Uta, aber es gab auch junge und unverheiratete Damen, die von ihren Brüdern oder Vätern hier im Stift abgegeben worden waren, wo sie solange betreut werden sollte, bis sie heiraten würden. Alle waren gut versorgt und auch deren Kleider reich verziert. In der Kapelle, wo sie die Gebete verrichten mussten, saßen sie in den hinteren Reihen und damit im Kontrast zu den einfarbigen Kleidern der Nonnen im vorderen Bereich.

Einzig die Äbtissin schien beides in sich zu vereinen. Sie trug das schlichte Gewand der Ordensfrau über den kostbaren Kleidern, die ihr als Landesherrin zustanden. Immer wenn sie die Arme bewegte, und das Gewand hochrutschte, konnte Karola die kostbare Borte sehen, die den Saum ihres Kleides bedeckte. Den Gottesdienst durfte sie aber nicht selbst leiten, auch wenn sie die Äbtissin war. Den durfte nur ein Mann durchführen, der ihr aber wiederum unterstellt war und den sie auch ablösen durfte. Bei besonderen Anlässen verlas sie selbst Stellen aus der Bibel, auch wenn ihr das eigentlich nicht gestattet war, doch wer hätte sie dafür zur Rechenschaft ziehen sollen? Der Pfarrer, der daneben stand und an dessen Gesichtsausdruck deutlich zu sehen war, dass ihm das nicht gefiel? Bei wem hätte er sich den beschweren sollen? Seine Lehnherrin und damit auch Weisungsbefugte war ja die Äbtissin. Also fügte er sich in sein Schicksal und ließ die Frau aus der Bibel vorlesen.

6. Kapitel

Die erste Nacht

Maria stand über den Eimer gebeugt in der kleinen Hütte und kämmte sich im Spiegelbild des Wassers ihre schwarzen Haare. Sie war, im Gegensatz zu allen anderen Frauen des Dorfes, lang und schlank.-Die langen Haare rahmten ein hübsches Gesicht ein, dass durch die schiefe Nase nur wenig beeinträchtig wurde. Ihr Vater hatte sie ihr vor ein paar Jahren gebrochen und sie war nie wieder richtig gerade zusammengewachsen. Sie lächelte, denn heute würde sie heiraten. Heute würde sie die elterliche Hütte nach sechzehn Jahren verlassen.

Ihren zukünftigen Mann hatte sie schon oft gesehen, er war mehr als zehn Jahre älter wie sie. So wie jede andere Ehe auch, war diese von den Eltern vereinbart worden. Weder sie noch ihr zukünftiger Mann hatten auf diese Entscheidung einen Einfluss gehabt. Die Mutter trat in die Hütte und gab Maria ein neues Kleid, das diese sofort anzog. Am Morgen noch hatte sie im Stall gearbeitet und nun, da die Sonne am höchsten Punkt stand, wurde es Zeit, sich für die Feier zu schmücken. Maria zupfte noch einmal die Haare zurecht, bevor sie ins Freie trat.

Auf dem großen Platz zwischen den Hütten standen schon ein paar Tische und Bänke. Auf einem Feuer dampfte ein Kessel, in dem eine Suppe zubereitet werden sollte. Rada, die sicher schon über sechzig Jahre alte Nachbarin, rührte mit einem hölzernen Löffel darin herum. Ihre grauen Haare hatte sie zu einem Zopf zusammen gebunden, der ihr immer wieder nach vorn fiel, während sie sich über das Feuer beugte. Einige Bewohner des Dorfes, vermutlich alle, die mit ihrer täglichen Arbeit schon fertig waren, standen in kleinen Gruppen am Rande des Platzes und unterhielten sich lautstark. Männer und Frauen strikt voneinander getrennt, so wie es Sitte war.

Maria sah sich um, sie konnte aber ihren zukünftigen Mann nirgendwo sehen. Immer mehr Leute trafen auf dem Platz ein und die Ersten von ihnen setzten sich. Rada begann die ersten Schüsseln zu füllen und zu verteilen. Die lautstarken Gespräche wichen einem gefräßigen Schweigen und Schmatzen. Zur Feier des Tages gab es sogar Wein und nicht nur das dünne Bier, dass alle, vom Kleinkind bis zum Greis, sonst tranken. Nun war Maria die Einzige die noch neben dem Tisch stand, sie traute sich nicht, sich hinzusetzen, bevor nicht ihr Mann sich setzen würde, doch der war immer noch nicht zu sehen. Nach einer, ihr unendlich lang erscheinenden, Zeit kam er mit den Lehnsherren von der Seite auf den Platz. Zuerst bot er seinem Herrn einen Platz an, dann setzte er sich selbst, ohne seine neben ihm stehende Frau irgendwie zu beachten. Jetzt durfte sich auch Maria setzen, aber das Essen war fast beendet.

Nun wurde immer mehr von dem Wein gereicht und die Männer langten ordentlich zu. Maria, als die Jüngste am Tisch, traute sich gar nicht aufzusehen. Wie gebannt starrte sie auf die nun leere Schüssel auf ihrem Platz. Peter, ihr Mann, und der Lehnsherr stießen auf die Eheschließung an. Es wurde immer später und langsam begann auch die Dämmerung einzusetzen. Die ersten Frauen verschwanden und schon bald waren nur noch die Männer und natürlich auch Maria an dem Tisch. Immer ausgelassener wurde die Runde und dem Lehnsherren schien es gut zu gehen. Er lachte schallend und viel lauter als die anderen Männer. Noch immer wagte Maria es nicht aufzublicken, wie ein scheues Kaninchen schaute sie vor sich auf den nun leeren Tisch. Schließlich kam der Moment, wo Peter dem Gutsherren eigentlich das Brautgeld geben sollte, so wie es Sitte war, um damit das Recht der ersten Nacht von ihm wieder zurück zu kaufen. Doch es wechselte kein Beutel den Besitzer.

Nach einer Wartezeit stand der Lehnsherr auf und zog Maria an der Schulter vom Tisch auf. Er schob sie vor sich her zur Hütte ihres Mannes, der immer noch am Tisch mit den anderen Männern anstieß und feierte. Hilflos schaute Maria auf ihn zurück, fast bettelnd war ihr Blick, doch nichts passierte. Der dicke Mann schob sie in die Hütte hinein. Sie stand einfach da und konnte keinen Muskel bewegen, was würde passieren? Würde es der Gutsherr bei einer symbolischen Geste belassen, wie es ebenfalls möglich war? Sie sah ihm in die Augen und erblickte die durch den Wein angefachte Gier darin. Mit beiden Händen riss er ihr das Kleid herunter und warf sie auf das Bett. Immer noch war sie vollkommen erstarrt. Von draußen hörte sie das Lachen der Männer, über sich das Schnaufen und Stöhnen des Gutsherren, der sein Recht auskostete.

Immer und immer wieder musste sie ihm in dieser Nacht zu willen sein und er nahm sein Recht bis zur Morgendämmerung ausgiebig wahr. Nachdem der Gutsherr gegangen war saß Maria auf dem Bett und dachte über das Erlebte nach. Nicht die Scham überwiegte bei ihr, sondern die Wut darüber, dass sie ihrem Mann nicht einmal das Geld wert gewesen war, für das man gerade mal ein halbes Schwein kaufen konnte. War das ihr Wert? Der Preis eines halben Schweines? Sie raffte das zerrissene Kleid auf und legte es in die Ecke, vielleicht konnte sie es später noch einmal zusammen nähen. Während sie gerade ein anderes Kleid anzog, flog die Hüttentüre auf und Peter brüllte sie an. „Raus mit dir! Die Schweine warten auf ihr Futter!"

Völlig verschreckt duckte sie sich weg und lief gebückt zur Tür. Der Zorn war der Angst gewichen und nun war ihr Preis nicht nur der eines halben Schweines, sondern ihr Platz war auch genau bei diesen Tieren. Hinter ihr fiel die Hüttentür zu und sie eilte zum Stall, der neben dem ihrer Eltern lag. Zuerst den Mist aus dem Stall und danach das Futter hinein, so wie sie es von Kind auf gelernt hatte. Flink ging ihr die Arbeit von der Hand und doch war die Angst immer hinter ihr.

Der Blick in den Augen ihres Mannes hatte sie an den Blick erinnert, den ihr Vater damals gehabt hatte, als er ihr die Nase gebrochen hatte. Bei jedem Geräusch zuckte sie zusammen. Nachdem sie das Wasser im Stall aufgefüllt hatte ging sie zur Hütte zurück. Peter lag schnarchend im Bett und schlief seinen Rausch aus. Sie setzte sich leise in die Ecke der Hütte und nährte das Kleid wieder zusammen.

7. Kapitel

Ein Garten voller Kräuter

Karola war nun sechzehn Jahre alt und lebte schon fast drei Jahre hier im Stift. In wenigen Tagen würde sie nun zur Novizin ihres Ordens werden. Die letzten Jahre hatten sie verändert, nicht nur äußerlich, sondern vor allem in ihrem Inneren. Ihre Bewegungen waren nicht mehr die eines schüchternen Mädchens, sondern die, einer selbstbewussten jungen Frau. Die Art der anderen Frauen im Stift und das erworbene Wissen hatten ihre Spuren deutlich in ihrer Haltung zurück gelassen.

Aufrecht ging sie durch das Stift und sah, wie die Frauen vor dem Tor sich bewegten. Gehetzte Blicke, gebeugte Haltung und ständig hin und her gehende Augen kennzeichneten diese Frauen außerhalb dieser Mauern. Manche Männer sahen Karola so an, als ob sie das verkörperte Böse in Person wäre. „Das Weib sei dem Manne untertan." hörten sie jeden Sonntag im Gottesdienst und hier mussten sie sich vor einer Frau verbeugen. Manche von ihnen knirschten dabei mit den Zähnen.

Doch was wollten sie machen? Wenn sie sich dagegen erhoben oder Karola beleidigt hätten, so hätten sie auch gleich bei der Äbtissin um eine Strafe bitten können. Das Ergebnis wäre dasselbe gewesen. Also machten sie gute Miene zum bösen Gedanken und Karola sah mit einer gnädigen Geste darüber hinweg. Sie war sozusagen die Ausnahme der gottgegebenen Realität der Männer und die mussten jeden Tag an ihr vorbei, wenn sie in das Stift wollten, um dort zu arbeiten oder bei der Landesherrin eine Bitte vorzutragen. Und auch das gefiel ihnen nicht: Sie mussten eine Frau um etwas bitten!

Eines Morgens wurde Karola in das Scriptorium gerufen. Sie musste sich wieder auf den altbekannten Hocker setzen und einer der Männer in dem Raum, ein älterer, grauhaariger Priester, untersuchte sie genüsslich auf ihre Jungfräulichkeit. Mit hochgeschlagenem Rock saß sie da, den Blick zur Decke gerichtet und mit zusammen gebissenen Zähnen. Nicht aus Schmerz oder Scham, sondern um die Männer nicht anzuschreien.

Diese Untersuchung war für ihre Aufnahme als Novizin die Voraussetzung und der Mann schien seine Aufgabe sehr ernst zu nehmen. „Kontrolle mit Auge und Hand." stand in den Unterlagen und er machte es sehr gründlich. Mit den Worten „Sie ist eine Jungfrau." stand er auf. Das Kratzen der Feder auf dem Pergament beendete die Untersuchung, Karola verließ ohne ein Wort und ohne einen Blick auf die Männer den Raum.

Noch einmal würde sie sich dieser erniedrigenden Prüfung unterzeihen müssen. In ein paar Jahren, wenn sie ihr drittes Gelübde ablegen und Nonne werden würde. Doch das war noch lange hin. Vor der Tür trieb es ihr das Blut des Zornes in die Wangen und beinahe hätte sie die Tür hinter sich zugeschlagen. Sie griff an das kleine Kreuz, das an einem Band um ihren Hals hing, und beruhigte sich für einen Augenblick.

Erst auf der Treppe zum Hof biss sie sich in die Faust, um nicht vor Wut laut loszuschreien. Nun stand aber ihrem zweiten Gelübde nichts mehr im Wege. Zusammen mit den neuen Kleidern, die sie nun erhielt, würden sich auch ihre Aufgaben ändern. Zur Weihe fielen auch ihre nachgewachsenen Haare. Gertrut schor sie mit einer Schere ganz kurz ab. Ein Priester nahm ihr, im Beisein der Äbtissin und aller Nonnen, das Gelübde als Novizin ab. Danach erhielt sie ihre neue Kleidung, die nun ihren neuen Stand für alle sichtbar darstellte.

Am nächsten Tag verließ sie mit Gertrut zum ersten Mal seit Jahren das Stift und wurde von der erfahrenen Nonne in den Kräutergarten eingewiesen. Bisher hatte sie nur bis zum Tor des Stifts gehen können, wenn sie dort Dienst hatte und nun war sie außerhalb der schützenden Mauern. Auch wenn es nur ein paar Schritte bis zu dem Garten waren, der durch seine Größe keinen Platz innerhalb des Stiftes gehabt hatte. Eine etwa hüfthohe Hecke umschloss den Kräutergarten und innerhalb dieser Umzäunung waren kleinere Flächen abgeteilt, auf denen verschiedene Pflanzen wuchsen.

Am Anfang waren das für Karola alles nur grüne Pflanzen, doch die erfahrene Nonne zeigte ihr den ganzen Garten. Das Mädchen erfuhr so, wo was wuchs und wofür es gut war. Vieles kannte sie schon von den Bildern aus Utas Büchern, aber einiges war ihr neu. Dies hier wäre nun für die nächste Zeit ihr neues Reich und sie stürzte sich mit Begeisterung in ihren Garten. Ein paar Blumen hatte sie dort ebenfalls stehen und besonders die Rosen, mit ihrem intensiven Duft, hatten es ihr angetan.

Das einzige, das ihr nicht gefiel, war, das sie nun nicht mehr so oft zu Uta konnte. Sie war ja nun durch die Mauer von der älteren Freundin getrennt. Nun war sie darauf angewiesen, dass Uta abends mit in dem Raum saß, wo die anderen Frauen sich auch aufhielten. Nur die täglichen Besuche bei ihr fielen jetzt natürlich weg. Aber mit Karolas zunehmenden Alter hatte sich das Verhältnis der beiden Frauen natürlich auch schon zuvor etwas gelöst.

Von Zeit zu Zeit brachte Karola aus dem Garten ein paar Blumen mit, die sie abends in das Gemeinschaftszimmer stellte und woran sich dann alle Besucher erfreuten. Auch dies war eine Sache, die sie erst hier im Stift gelernt hatte. Hier konnte sie die schönen Dinge sehen und vor allem erkennen. Früher hätte sie keinen Blick für eine

Blume gehabt. Das schwere Leben ihrer Kindheit hatte nur graue Bilder in ihrem Gedächtnis gelassen. Blumen und bunte Bilder gab es da nicht. Sie sah diese Blüten als Geschenk Gottes und auch ihren Aufenthalt hier, in diesem behüteten Haus, sah sie als besondere Gabe an.

Den ganzen Sommer über war sie im Garten beschäftigt, am Tag die Pflege, am Nachmittag die Ernte und abends das Trocknen der Pflanzen. So wie sie früher auf dem Feld gearbeitet hatte, so arbeitete sie nun in dem kleinen Garten, was natürlich keine so schwere Arbeit war. Mehr eine freudige Beschäftigung. Als dann der Herbst hereinbrach, und die Kräuter im Garten immer weniger wurden, übernahm Karola wieder den alten Dienst an der Pforte. Wehmütig sah sie nun auf ihren geliebten Garten hinunter, der nur ein paar Schritt entfernt dalag. Wie gerne hätte sie jetzt eine bunte Blume gesehen, umso mehr freute sie sich auf den nächsten Frühling, wo dann sicher auch die Gräser und Blumen wieder in dem Garten wachsen würden. Bis dahin musste sie sich mit den Gedanken an die Blüten trösten.

8. Kapitel

Schrecken einer Ehe

Diese Ehe war zwar von einem Priester gesegnet worden, doch Gott hielt seine Hand sicher nicht darüber. Zumindest nicht für Maria. Sie war zwar erst ein halbes Jahr verheiratet und doch hatte sie in dieser kurzen Zeit alle Schrecken durchmachen müssen, die sie sich nur vorstellen konnte. Ihr Mann hatte ihr vor ein paar Tagen aus Wut die Nase gebrochen, die ihr ihr Vater ja schon vor Jahren einmal gebrochen hatte, und nun war sie fast wieder gerade. Wenn man die Schmerzen mal weglieẞ, hätte sie darüber froh sein können. Maria dachte daran, dass sie sich einmal auf diese Ehe gefreut hatte. Und nun?

Jeden Tag stand sie von früh bis spät im Stall. Das war ja noch normal und alle Frauen hatten dieselbe schwere Arbeit, aber ihr Mann überwachte sie und schrie sie bei allem und jeder Kleinigkeit an. Grundlos schlug er sie mit der Hand, oder einem Knüppel, oder was auch immer er gerade zur Hand hatte. Am ganzen Körper hatte sie nun Narben und blaue Flecke, die sie gar nicht zählen konnte. Gerade versuchte sie ein wenig zu verschnaufen, aber sie vergewisserte sich vorher, dass ihr Mann sie nicht sehen konnte. Auf die Mistgabel gestützt tat sie so, als ob sie etwas aus dem Stall räumen würde.

Vor dem Stall hörte sie Schritte und machte schnell weiter. Wenn ihr Mann nicht gerade auf dem Feld war, so konnte er jeden Augenblick hier im Stall sein. Die Schritte entfernten sich wieder und Maria arbeitete wieder etwas langsamer. Die Angst blieb aber ihr ständiger Begleiter. Womit hatte sie dieses Schicksal verdient? Nur damit, als Frau geboren zu sein?

Sie ging mit dem Eimer zum Brunnen, um Wasser für die Schweine zu hohlen. Meist traf sie dort andere Frauen, mit denen sie gern geredet hätte, doch die Fenster ihrer kleinen Hütte zeigten genau zum Brunnen. Was wäre, wenn Peter sie beim Schwatz gesehen hätte? Mit gesenkten Blick schritt sie an den anderen Frauen vorbei.

Schnell ging sie mit dem vollen Eimer wieder zurück. An manchen Tagen konnte sie sich nur mit Schmerzen bücken oder arbeiten. Das rief wieder ihren Mann hinzu und wieder setzte es Hiebe. Zärtlich tätschelte er nur die Köpfe seiner Schweine. Für seine Frau hatte er bisher noch kein gutes Wort gehabt. Nach all der schweren Arbeit des Tages musste sie ihm abends auch noch ein gutes Essen auf den Tisch stellen, ohne dass er sich darüber Gedanken machte, wie sie das wohl schaffen sollte.

Ganz schlimm wurde es für sie aber erst, wenn er bei seinen Freunden war und er bei diesen besonders viel Wein oder Starkbier getrunken hatte. Dann versuchte Maria ihm so gut es ging aus dem Weg zu gehen. An solchen Abenden wurde er noch unberechenbarer. So war es auch an diesem Abend. Während Maria versuchte ein gutes Essen zuzubereiten, mit dem sie Peter vielleicht gnädig stimmen konnte, hörte sie ihn schon von draußen grölen und poltern.

Die Tür wurde aufgestoßen und unwillkürlich duckte sie sich zusammen. Er ergriff ihren Arm und schleuderte sie durch den ganzen Raum auf das Bett. Das Zerreißen von Stoff und sein Keuchen war alles, was sie hörte. Er begann sich an ihr zu vergehen und sie biss die Zähne zusammen, um nicht schreien zu müssen. Sie hoffte, dass er bald vom Bier einschlafen würde, doch es wurde immer schlimmer. Schließlich schlug sie mit dem Kopf gegen das hölzerne Bettgestell und alles wurde schwarz um sie herum.

Vor Schmerzen wurde sie wieder wach. Es war mitten in der Nacht und ihr Mann schnarchte neben ihr. Sie war erleichtert, dass er schlief. Dann griff sie sich an den Kopf und spürte eine klebrige Flüssigkeit an ihren Fingern. Ihr eigenes Blut, das von der Platzwunde herunter lief. Stöhnend setzte sie sich auf und sah sich im Schein des noch brennenden Talglichtes an. Sie war blutüberströmt und überall im Bett war ebenfalls ihr Blut.

Mühsam schleppte sie sich zu dem Waschtrog, um sich zu säubern. Sorgfältig und mit zusammen gebissenen Zähnen wusch sie sich sauber. „Nur keinen Laut machen, damit Peter nicht wach wird!" dachte sie. War das nun ihr Leben? Sie hatte fast schon aufgegeben, nur manchmal in der Nacht kam ihr Lebenswillen zurück. Aber wofür? Wenn das so weiter ging, dann würde sie ihr erstes Ehejahr wohl kaum überleben.

Warum behandelte sie ihr Mann so? War es sein Hass auf sie oder hasste er sich selbst so sehr, dass er sie stellvertretend für sein eigenes Selbst so behandelte? Maria stieß an den Krug und es machte ein schepperndes Geräusch. Sie hielt die Luft an und horchte, aber Peter schnarchte weiter. Vorsichtig setzte sie sich auf den Hocker vor dem Tisch. Das Essen war mittlerweile kalt. Sie bekam trotz Hunger keinen Bissen davon herunter, also räumte sie leise den Tisch wieder ab.

Bei wem hätte sie aber auch ihre Fragen loswerden können? Bei der Mutter, die nur ein paar Hütten weiter wohnte, der es aber mit dem gewalttätigen Vater nicht viel anders ging als Maria? Sicher nicht! Ihr ganzes Leben hatte sie gesehen, wie der Vater die Mutter genauso behandelte, wie ihr Mann sie jetzt. Na ja nicht ganz so schlimm sicherlich. Auch der Vater hatte seine Frau geschlagen, aber nicht so wie Peter sie immer verprügelte. War das vielleicht bei allen anderen Frauen auch so?

Ins Bett wollte sie nicht zurück, also versuchte sie auf dem Hocker etwas zu schlafen. „Das Weib sei dem Manne untertan." hatte ihr Peter schon so oft gesagt, dass sie es ganz fest glaubte. Auch der Pfarrer hatte das jeden Sonntag in der Kirche gesagt, solange sie sich zurück erinnern konnte. Den Rest der Predigt konnte keiner verstehen. Irgendeine fremde Sprache. Nur wenig wurde in Deutsch gesagt. Von Demut, Unterwerfung und Treue. Vom Glauben an Gott und an die Kirche. Aber von Gewalt war da nichts gesagt. Aber schloss die Unterwerfung unter den Mann dies vielleicht mit ein?

Endlich schlief sie ein und ihr Kopf sank auf den Tisch. Im Traum sah sie eine weiße Gestalt, die eine Frau schlug. War das alles Gottgewollt? Sie schreckte aus dem Traum und zuckte zusammen. Peter hatte sich gerade im Bett gedreht. Noch schlief er, aber die Sonne schickte schon die ersten Strahlen zur Erde herunter. Sie zog sich am Tisch hoch und ging ohne ein Geräusch aus der Hütte in den Stall. Es konnte sicher nicht mehr lange dauern, bis Peter sie wieder anschreien würde.

Fürs Erste genoss sie aber die Ruhe und die Zuneigung der Schweine. Die waren wenigstens dankbar für ihre Arbeit und das Futter, dass sie ihnen gab.

9. Kapitel

Neue Aufgaben

Seit mehr als einem Jahr führte sie nun schon ihren kleinen Garten, als sie von Gertrut eine neue Aufgabe erhielt. Direkt neben dem Garten lag ein Gebäude, in das sie bisher immer die geernteten Kräuter gebracht hatte. In einem Saal im oberen Geschoß wurden die Kranken der Umgebung betreut, zumindest die, die sich so schwer verletzt hatten, dass sie nicht mehr arbeiten konnten.

Diese sollte Karola nun, zusammen mit Gertrut, betreuen. Das würde für die nächsten Jahre ihre neue Aufgabe sein. Bereits am ersten Tag hatten sie eine schwere Geburt zu unterstützen. Die Frau wurde gegen Mittag gebracht und erst zur einsetzenden Dämmerung hatte sie das Kind endlich entbunden. Gertrut war sehr erfahren, während Karola eigentlich die ganze Zeit nur im Wege stand.

Als sie abends mit Uta über ihr Erlebnis sprechen konnte, sagte diese „Ich habe vier Kinder auf die Welt gebracht. Bei jedem hatte ich das Risiko dabei zu sterben, oder später im Kindsbett. Wir Frauen tragen immer die Gefahr mit uns. Den Männern bleibt das erspart." Karola nickte nur, sie hatte schon in Utas Büchern darüber gelesen und auch ihr erleben in der Kindheit bestätigte die Aussage der älteren Frau.

„Wir Frauen haben nicht viele Möglichkeiten uns zu verwehren." setzte Uta fort „Da gibt es noch eine zweite Öffnung und wenn die Frau geschickt genug ist, merkt der Mann nichts von der Täuschung." erklärte sie mit einem Zwinkern „Aber ist das nicht wider die Natur?" fragte Karola zweifelnd und Uta setzte hinter vorgehaltener Hand hinzu „Da hast du schon recht, aber der Mann hat es nicht gemerkt und wir sind vor der Schwangerschaft sicher. Bemerkt er es, können wir immer noch sagen, dass es ein Versehen war."

Karola schüttelte den Kopf, aber Uta setzte leise hinzu „Und man bleibt Jungfrau dabei." dabei zwinkerte sie wieder und Karola wurde rot bei dieser Anspielung. Nicht das sie je daran gedacht hätte, ihr Keuschheitsgelübde zu brechen, aber schon diese Andeutung trieb ihr das Blut in die Wangen. Sie ging in die Kapelle hinunter und sprach schnell ein Gebet zur Maria, deren Statue direkt neben dem Altar stand.

Mit jedem Tag wurde Karola erfahrener im Umgang mit den Kranken und der Versorgung der Verletzungen. Viele der Kranken waren so geschwächt, dass sie diese erst einmal durch etwas Suppe und Brot aufpäppeln musste. Besonders die verletzten Kinder waren sehr schwach. Meist zeichneten sich die Knochen deutlich unter der Haut der kleinen Körper ab. Das, was sie im Garten mit den Kräutern gelernt hatte, konnte sie nun bei den Kranken anwenden.

In dieser Zeit zog eine neue Frau mit ihrem Gefolge in das Stift. Regina war gerade mal ein Jahr älter als Karola und die Tochter eines Bischofs. Karola hatte schon viel davon gehört, das die Bischöfe und Priester nicht immer das Keuschheitsgebot so ernst nahmen, wie sie es von den Frauen verlangten. Mit Regina kam sie gut aus. Sie hatte Bücher der Hildegard von Bingen mitgebracht. Einer Nonne, die vor mehr als hundert Jahren gelebt hatte.

Zuerst war Karola vom Heil- und Pflanzenwissen in den Büchern fasziniert, später war es mehr das Selbstbewusstsein der Nonne, das aus jeder Zeile des Buches heraus stach. Regina und Karola wurden so etwas wie Freundinnen, wenn man über die Standesunterschiede hinweg sah. Aber hier im Stift waren alle sowieso fast gleich.

Das Wissen aus den Büchern konnte Karola nun ebenfalls im Hospital mit anwenden. Sie fand es nur sehr Schade, dass Regina erst jetzt in das Stift gekommen war, wo sie doch nun fast den ganzen Tag außerhalb war und sie sich dadurch nur am Abend sehen konnten. Als dann der Herbst über das Land kam wurde Regina von ihrem Vater verheiratet und die beiden Frauen mussten auch schon wieder Abschied voneinander nehmen. Nur ein halbes Jahr hatten sie gemeinsam verbracht.

Bei ihrer Abfahrt schenkte Regina Karola eines der Bücher und diese bedankte sich überschwänglich für das kostbare Geschenk. Nicht viele Nonnen besaßen ein eigenes Buch. Eigentlich kannte Karola niemanden außerhalb des Stiftes, der ein Buch besaß. Nur in den Klöstern, so hatte sie es von Uta gehört, wurde gelesen. Dort wurden Bücher geschrieben und abgeschrieben. Die Mönche waren die Wissenden dieses Jahrhunderts und auch ein paar Nonnen gehörten dazu. Karola war sehr stolz darauf, nun eine von ihnen zu sein. In den meisten Klöstern aber durften die Nonnen nicht lesen. Dort war es nur ihre Aufgabe zu arbeiten und zu beten.

So, wie es der heilige Benedikt vor mehr als fünfhundert Jahren vorgeschrieben hatte, wurde es immer noch gemacht. In den Mönchsklöstern wurde gelesen und geschrieben und in den Nonnenklöstern gearbeitete und gebetet. Früher hätte sich Karola da nie auch nur einen Gedanken darüber gemacht, doch nun, sozusagen als Wissende, fand sie das zunehmend ungerecht, dass die Frauen von dem ganzen Wissen ihrer Zeit ausgeschlossen wurden, nur weil sie eben Frauen waren.

Aber konnte sie das wirklich so sehen? War es denn nicht vielleicht eher ein Privileg, dass sie hier im Stift war? Zuhause im Dorf hätte sie auch als Mann nicht lesen und schreiben gekonnt. Nur den

Namen als Zeichen oder ein Kreuz konnten die Männer machen. Sie hatte das mal gesehen, als sie den Vater zur Abgabe des fälligen Kirchenzehntes in ein Kloster begleitet hatte. Der Vater hatte nur ein krakeliges Kreuz gemacht, damals wusste sie noch nicht, was das bedeutet hatte, aus ihrer heutigen Sicht, konnte sie verstehen, dass er es nicht anders konnte.

Vielleicht auch nicht durfte? Wenn man die Bauern vom Wissen fern hielt, so konnte man sie unwissend im Dunkeln des täglichen Lebens halten. So waren sie besser unter Kontrolle zu bringen. Bauern, die lesen und schreiben konnten, wären sicher eine große Gefahr für die Lehnsherren gewesen. Zusätzlich kam aber noch hinzu: wann hätten sie es denn lernen sollen? Nach der Arbeit auf dem Feld oder im Stall? Karola dachte oft an das Dorf zurück und an all die schwere Arbeit dort. Von klein auf hatte sie mitgeholfen, mithelfen müssen. Seit sie laufen konnte, hatte sie im Stall gearbeitet. Sie konnte sich nicht daran erinnern, dass sie Zeit für ein Buch gehabt hätte, selbst wenn sie das Lesen gelernt hätte.

Zum Glück waren diese Zeiten nun vorbei. Sie hatte nun das Bild der Nonne Hildegard als Vorbild immer vor sich. Ihr wollte sie nacheifern. Am besten konnte sie das bei der Pflege der Kranken und mit zunehmend schlechter werdenden Wetter wurden es auch immer mehr Kranke und Verletzte im Hospital.

10. Kapitel

Das Elend der Kinder

eit zwei Jahren war Maria nun schon verheiratet. Nie hätte sie gedacht, dass sie solange überleben würde. Ihr Mann jedenfalls tat alles, um ihr das Leben so schwer wie möglich zu machen. Ein ungeborenes Kind hatte sie schon verloren und nun war sie mit ihrem Zweiten schwanger. Das bedeutete aber nicht, dass Peter sie etwa schonen oder anders behandeln würde. Die Gewalt gegen sie blieb dieselbe.

Auch die Arbeit war dieselbe schwere, in die Knochen gehende, Schufterei. Von früh bis spät im Stall, ohne Pause. Wenn sie mal nicht im Stall war, was eigentlich nur auf dem Weg von oder zum Brunnen war, sah sie die dünnen und dreckigen Kinder der Nachbarn. Es waren schon für gesunde und kräftige Erwachsene schwere Zeiten, umso mehr litten die Schwachen und Kranken. Den Kindern ging es dabei immer am schlimmsten.

Nur wenige überlebten ihr erstes Jahr und kaum eines schaffte es mehr als zehn Jahre alt zu werden. Wer das geschafft hatte, der war zumindest aus dem Gröbsten raus. Da die Sterblichkeit der Kinder so hoch war, blieb nur übrig, so viele Kinder wie möglich in die Welt zu setzen. Daher waren auch alle Bäuerinnen im Dorf entweder Schwanger oder hatten gerade ein Kind bekommen. Dazu kam aber auch noch die Sterblichkeit der Frauen bei der Geburt.

Es ging so weit, dass man den Kindern erst Namen gab, wenn sie älter als ein Jahr geworden waren. Oder das ein Name durch die ganze Familie weitergereicht wurde. Von den acht Kindern die Marias Mutter zur Welt gebracht hatte, hatte nur sie als einzige überlebt. Sie war die Stärkste gewesen und hatte alle Krankheiten und Leiden der Kindheit überstanden. Dass sie als einziges Kind auch noch ein Mädchen war, hatte den Vater damals so aufgeregt, dass er ihr im Zorn auch die Nase gebrochen hatte. Sie als Frau konnte ja nicht seinen Hof weiter führen. Aber was konnte sie denn dafür, dass alle anderen Kinder es nicht geschafft hatten?

Maria hatte in ihren Jahren hier im Dorf schon viele Geburten gesehen, bei denen Mutter und Kind nicht überlebt hatten. In ihrem Dorf, so wie sicher in vielen Dörfern, kam auf fünf Geburten eine tote Mutter. Also konnte man es sich fast an den Fingern abzählen, wann Frau dran war, vor ihren Schöpfer zu treten. Die Männer nahmen darauf keinerlei Rücksicht und Geburtshelfer gab es kaum. Meist halfen die älteren Frauen, die alle ihre Geburten überlebt hatten, den Jüngeren. Nur in den vornehmeren Familien und in den Städten gab es Bader, die sich auch um die Geburten kümmerten oder Hebammen. Auf dem Land musste man sich gegenseitig helfen.

In einer Hinsicht hatte sie es gut. Da Peter durch die vielen Schweine einer der reichsten Bauern des Dorfes war, hatte sie immer auch ausreichend zu essen gehabt. Das wirkte sich auch auf ihre Gesundheit und Kraft aus. Natürlich brauchte sie diese Kraft für die schwere Arbeit, die er ihr jeden Tag aufzwang. Sicherlich hätte er auch eine Magd oder einen Knecht einstellen können, aber manchmal dachte Maria, dass er dies aus purem Geiz einfach nicht wollte. Nur zur Erntezeit nahm er sich ein paar Gehilfen. Den Rest des Jahres arbeitete sie alleine im Stall und er für sich auf dem Feld.

Wenn er auf dem Feld war, war die Frau wenigstens vor der Gewalt in Sicherheit. Aber nie konnte sie sagen, wann er zurück kam und so blieb die Angst ihr ständiger Begleiter. Oft redete sie mit den Schweinen, weil ja sonst keiner da war, der dem zuhörte, was sie zu sagen hatte. Manchmal hatte sie das Gefühl, das die Schweine ihr zuhörten und sogar nickten oder den Kopf schüttelten, wenn Maria ihnen eine Frage stellte.

Eines Morgens war Maria wieder im Stall, als sich ihr Bauch zusammenkrampfte. Der Schmerz ließ sie an der Stallwand zusammen rutschen. Sie schrie ihren Schmerz heraus, doch niemand hörte sie, keiner half. Sie saß an der Wand und sah das Blut vor sich. Sie hatte auch ihr zweites Kind verloren. Es war nur so groß wie ihre Hand geworden und lag zwischen ihren Beinen. Maria wischte sich die Tränen des Schmerzes und der Trauer weg, dann trug sie das winzige Wesen aus dem Stall, damit es die Schweine nicht fraßen.

Hinter der Hütte grub sie schnell ein kleines Loch und beerdigte das Kind neben seinem Geschwisterchen. Nach einer kurzen Trauerminute ging sie zum Brunnen und wusch sich das Blut von den Beinen. Wenig später war sie wieder im Stall und arbeitete bis zum Abend weiter. Es schien ihr, als wolle ihr Körper kein Kind von Peter austragen.

Als sie am Abend ihrem Mann von dem Verlust des Kindes berichtete verzog der keine Miene. Kein Wort kam über seine Lippen. Keine Anteilnahme. Nichts! In der Nacht, im Traum, durchlebte sie noch einmal die Minuten im Stall und als sie aus dem Traum schreckte sah sie wieder Blut an ihren Beinen. Sie ging zum Hocker und versuchte die Blutung zu stoppen. Es dauerte eine ganze Weile bis sie es geschafft hatte. Mit einem Lappen wischte sie sich sauber und ging wenig später vollkommen erschöpft ins Bett zurück.

Sie fühlte sich schlaff und schwach. Bis zum Morgen fand sie keinen Schlaf mehr. Als der Hahn draußen krähte warf Peter sie aus dem Bett. Obwohl sie sich kaum bewegen konnte, trieb er sie aus dem

Haus und zu Stall, doch noch bevor sie diesen erreichte wurde ihr schwarz vor Augen. Vom Rest des Tages fehlte ihr jede Erinnerung. Erst als es draußen wieder dunkel war wachte sie an derselben Stelle vor der Stalltür auf und schleppte sich ins Haus zurück. Peter war nirgendwo zu sehen und so fiel sie ins Bett und schlief sofort wieder ein.

Nach dieser Nacht ging es ihr wieder soweit gut, dass sie sich wieder um die Tiere im Stall kümmern konnte, doch Peter ließ sie nun noch viel mehr seine Verachtung spüren. Jetzt redete er kaum noch mit ihr, und wenn dann nur um ihr Aufgaben für die Arbeit zu geben, aber die war ja jeden Tag sowieso gleich für sie. Immer wenn sie dazu kam, und das war durch Peter nicht oft, legte sie eine Blume auf die beiden kleinen Gräber hinter der Hütte.

11. Kapitel

Ein Winter im Harz

Der Schnee lag so hoch, dass die Frau bis zur Hüfte einsank. Mit einem schnellen Blick prüfte sie, ob sie alleine war, bevor sie aus der Waldkante heraustrat. Eigentlich war dies vollkommen unnötig, in dieser Zeit verließ sowieso niemand seine Hütte, der es nicht musste, und zweitens würden die Spuren ihren Weg sicher für die nächsten Tage kenntlich machen, zumindest solange, bis der frisch gefallenen Schnee sie verdecken würde. Mit einer Handbewegung warf sie die schwarzen Haare nach hinten und stapfte los. Ein um den Kopf geschlungenes Tuch ließ vorn nur die Augen frei.

Auf der anderen Seite der großen freien Fläche vor dem Wald standen die Häuser des Dorfes, in das sie noch vor dem Einbruch der Dämmerung gelangen wollte. Sie war schon ein ganzes Stück durch den Wald gelaufen, die Tage waren so kurz, dass sie sich beeilen musste, um ihr Ziel zu erreichen. Zwischen den Bäumen im Wald war der Schnee nicht ganz so hoch gewesen, doch nun, auf der freien Fläche, würde der Weg sicher sehr mühsam sein und schon nach zwanzig Schritten schwitzte sie trotz der klirrenden Kälte des Frosttages.

Unbeirrt stapfte die Frau vorwärts. Sie kniff die Augen zusammen, um nicht von der Sonne, die vom Schnee reflektiert wurde, geblendet zu werden. Schließlich hatte sie das erste Haus erreicht und ging zur Tür der Hütte. Rings um das Haus war ein breiter Streifen Schnee weggeräumt worden, so dass man dort sicher laufen konnte. Sie klopfte sich den anhaftenden Schnee vom Kleid und von den Schuhen, dann trat sie schnell in die Hütte ein. „Ich bin da." rief sie, als ob dies nicht sowieso schon jeder darin gemerkt hatte.

Es war dunkel in der Hütte, nur das Feuer in der Ecke des Raumes zeichnete schwache rote Bilder an die Wand. Alle Fenster waren zugenagelt und verstopft. Sie würden sicher erst im April wieder geöffnet werden, wenn es draußen etwas wärmer werden würde. Zwei kleine Mädchen liefen auf sie zu und umarmten sie „Tante Bärlinde, schön, dass du es geschafft hast." sagte das ältere der beiden Mädchen. Sie war etwa zehn Jahre alt. Die Frau legte ihre zwei Mäntel sowie das Tuch um den Kopf ab und hängte sie über einen der Stühle. „Wo ist meine Schwester?" fragte sie, nachdem sie sich umgesehen hatte und sie nirgendwo gefunden hatte. „Im Stall." sagte das Mädchen.

Bärlinde schüttelte den Kopf. „Die sollte im Bett sein. Mit Fieber im Stall!" hinter ihr schwang die Tür auf und ihre ältere Schwester kam Hustend und mit gläsernen Augen in die Hütte zurück. Mit schwerem Schritt kam die Frau auf Bärlinde zu und ließ sich neben ihr kraftlos auf den Stuhl fallen, über den sie gerade die Mäntel gehängt hatte. Bärlinde zog die Mäntel vom Stuhl weg und hängte sie an einen Nagel, der neben der Tür in der Wand steckte.

„Wo ist denn dein jüngster?" fragte Bärlinde, aber das traurige Kopfschütteln der Schwester ließ sie verstummen. Bärlinde schob sich einen der Stühle näher an das Feuer heran, das in der Ecke des Raumes brannte. Sie setzte sich, wickelte die, zum Schutz vor der Kälte, um die Beine geschlungenen Tücher ab, und knetete ihre kalten Beine durch, damit das Blut sie wieder durchströmen und erwärmen konnte. „Gibst du mir mal einen Topf und etwas Wasser? Ich bereite dir ein paar Kräuter zu, gegen deine Erkältung." eines der kleinen Mädchen holte einen Topf und füllte Wasser aus einem Krug hinein.

Nach einer ganzen Weile kochte das Wasser und die Frau streute ein paar Kräuter hinein, die sie aus ihrem Beutel geholt hatte. Die Tür der Hütte ging wieder auf und ein älterer Mann trat ein. Er sah die Frau und sagte „Bist du schon wieder da, um dich bei uns durchzufressen?" Bärlinde funkelte ihn zornig an. Sie nahm einen toten Hasen aus ihrem Beutel und warf ihn dem Mann zu. „Ich habe mein Essen mit!" rief sie und goss den Kräutersud in einen Becher, den sie ihrer Schwester reichte.

„Ich werde dir hier im Haus helfen, solange du noch krank bist und nun gehst du ins Bett." sagte sie und ihre Schwester nickte dankbar. Wenig später schlief die Frau und Bärlinde machte aus dem Hasen für alle eine kräftige Suppe, die in dieser Zeit des kärglichen Winters ein Festmahl für alle war.

Die nächste Woche half Bärlinde in Haus und Stall, während sich ihre Schwester erholen konnte. Auch den anderen im Dorf half sie, so gut sie es konnte. Mit einem Kräuteraufguss oder ein paar guten Worten war in dieser Zeit der Dunkelheit auch gut zu helfen. In manchen Hütten saß sie Abends einfach nur am Feuer und erzählte Geschichten aus dem Wald, wo sie ja das ganze Jahr über lebte. Nicht nur die Kinder hörten ihr aufmerksam und oft mit offenem Mund zu, auch die Erwachsenen lauschten ihren Erzählungen.

Schließlich verabschiedete sie sich wieder und wollte sich auf den Weg machen, als Judith, das ältere der beiden Mädchen, ihr ein Stück Wurst für den Weg geben wollte. „Behalte es, ich habe sicher etwas in den Fallen im Wald gefangen, da brauche ich es nicht." sagte sie, strich dem Mädchen über den Kopf, zog ihre zwei Mäntel wieder an, legte das Kopftuch um und trat vor die Tür.

Es hatte noch stärker geschneit in den letzten Tagen. Sie stapfte durch den tiefen Schnee und hatte schon bald den Waldrand erreicht. Immer tiefer ging sie in den Wald hinein. Kurze Zeit später ging es

Bergauf und der Schnee rutschte immer wieder nach. Schnaufend kämpfte sie sich durch eine Schlucht und ging durch ein Fichtenwäldchen. An einem Baum fand sie, in einer ihrer Fallen, einen toten Hasen, der aber schon steif gefroren war. Sie steckte ihn in die Tasche und ging weiter.

Als die Dämmerung einsetzte hatte sie endlich mitten im Wald ihre kleine Hütte erreicht. Es war kalt in der Behausung und sie musste zuerst die Mäntel anlassen, während das Feuer im Kamin prasselte. Später taute sie den Hasen auf und konnte endlich die Mäntel ablegen. Nach einer Woche ohne Feuer glänzte das Eis innen an der Hüttenwand im Schein der Flammen.

12. Kapitel

Unerhörte Gebete

Der Winter hatte schon lange in dem flachen Lande zu Fuße des kleinen Gebirges Einzug gehalten. Hier im Stift war es sogar in der Winterzeit aushaltbar. Die Verpflegung war gesichert und die Gemeinschaftsräume waren immer gut geheizt. Zwar waren die anderen Räume alle kalt, aber da hielt man sich ja nur zum Schlafen auf und dabei war man ja auch gut zugedeckt. Wenn sie aus dem Hause musste, zog sich Karola einfach zwei Kutten übereinander, an besonders kalten Tagen auch mal drei.

In dieser Jahreszeit kamen besonders viele Kranke aus der Stadt in das Hospital des Stiftes, nur wenige aus dem verschneiten Umland. Da die meisten Menschen aber erst im allerletzten Moment und nur bei wirklich schlimmen Erkrankungen oder Verletzungen medizinischen Rat einholten, war den wenigsten von ihnen wirklich noch zu helfen. Viele überlebten die erste Nacht im Hospital nicht. Manchmal hatte Karola das Gefühl, sie kommen nur, um hier göttlichen Beistand und Linderung der Schmerzen zu suchen. Und vermutlich auch, um hier in Ruhe zu sterben.

Da sie den Menschen aber helfen wollte, machte sie dies sehr unglücklich. Oft saß sie abends, nach einem langen Tag im Hospital, noch lange in der ungeheizten Kapelle und betete für die Seelen derer, die am Tag gestorben waren und für die, die diese Nacht nicht überleben würden. Und natürlich betete sie auch dafür, dass die weniger schweren Fälle wieder gesund werden.

Mitten im Dezember wurde ein junger Mann in das Hospital gebracht. Beim Brennholzschlagen vor der Stadt war ihm ein Baum auf das Bein gefallen und hatte ihm dabei das Knie zertrümmert. Der Medicus konnte ihm nur noch das Bein amputieren. Der junge Mann war in Karolas Alter und sie hielt ihm bei der Operation die Hand, während der Medicus ihm, wie üblich, bei vollem Bewusstsein das Bein oberhalb des Knies abnahm. Die Schreie des jungen Mannes, der Hans hieß, klangen Karola noch ein paar Tage lang in den Ohren.

Sie versuchte nun alles, um es dem jungen Mann so leicht wie möglich zu machen. Sie schob sein Bett so weit wie nur irgend möglich an das Feuer heran, dass den ganzen Raum erwärmen musste. Jede freie Minute kümmerte sie sich um ihn und abends, beim Essen im Stift, ließ sie nun auch etwas Brot unter ihre Kutte verschwinden, das sie Hans dann am folgenden Tag als zusätzliche Ration mitbrachte. Dadurch, dass sie sich ständig um ihn kümmerte, änderte sich in ihrem Verhalten ihm gegenüber etwas, was sie nicht deuten konnte. Im Gegenzug änderte sich auch die Art, wie der Mann sie ansah.

Jeden Morgen eilte sie nun in das Hospital und dehnte die Zeit dort bis zum letzten möglichen Augenblick hinaus. Erst unmittelbar bevor das Stift die Tore schloss, rannte sie vom Hospital die kurze Strecke bis zum Eingang hinauf, um noch schnell hinein zu schlüpfen. Und natürlich betete sie nun jeden Abend zusätzlich ganz besonders für Hans und dessen Genesung. Wenn sie nicht im Stift gewesen wäre, hätte man sagen können, sie hat sich in ihn verliebt und ihm ging es vermutlich genauso. Schon der Blick, mit dem sich die Beiden täglich begrüßten, sprach mehr, als man in ganze Bücher hätten aufschreiben können. Aber in einer Zeit, in der die Liebe nichts zu sagen hatte, war es schwer für die beiden jungen Menschen ihre Gefühle richtig einzuordnen.

Von der Liebe hatte sie nur in den alten Gedichten von Uta etwas gehört. Von der Minne der Ritter, von alten Gedichten, die schon tausend Jahre alt waren, vom Verständnis zwischen zwei Menschen. Aber noch nie war sie ihr wirklich begegnet. Alle Ehen und Verbindungen wurden von den Eltern arrangiert. Niemand verband sich wirklich mit einem anderen Menschen aus Liebe. Vielleicht war das früher, vor der großen Not, anders gewesen. Die Gedichte sprachen dafür, dass es so war, aber daran hatte Karola keine Erinnerung. Auch ihre Eltern hatte nicht aus Liebe geheiratet.

Manchmal setzte sie sich einfach neben sein Bett und sie unterhielten sich über alles Mögliche. Sie erzählte von ihrem Leben im Stift und er von seinem Leben in der Stadt. Er arbeitete als Handwerker in einem kleinen Geschäft. Er war Töpfer und das Holz, das er in dem kleinen Wäldchen vor der Stadt schlagen wollte, diente für seinen Brennofen. Dort war es auch im Winter immer schön warm gewesen. In der ganzen Zeit, die er nun im Hospital schon war, hatte sich niemand von dort mehr um ihn gekümmert. Vermutlich hatten sie ihn schon in dem Moment, als er in das Hospital gekommen war, für gestorben erklärt. Für die Meisten traf dies auch sicher zu, nur nicht für ihn. Oder hatte er nur etwas mehr Zeit erhalten, bis es bei ihm auch soweit sein würde? Es tat ihm sichtlich gut, mit Karola zu reden.

Als Hans zwei Wochen im Hospital war, was für die Verhältnisse und die schwere seiner Verletzungen schon eine lange Zeit war, bekam er Fieber. Die Wunde hatte sich entzündet und Karola versuchte alles, was in ihrer Macht stand, um das Fieber wieder zu senken. Sie verabreichte ihm die im Buch beschriebenen Kräuter, sie wischte ihm zärtlich mit einem Tuch über die Stirn und jeden Abend betete sie nun immer länger in der Kapelle für ihn. Manchmal ging sie nach dem Abendmahl noch einmal hinunter und saß dann bis spät in die Nacht alleine in der kalten Kapelle.

Immer verzweifelter wurden ihre Gebete um das Leben des Freundes, der längst einen Platz in ihrem Herzen erobert hatte, und der nun fast eine Art platonischer Geliebter für sie war. Je mehr sie betete, umso mehr erlangte sie das Gefühl, dass ihre Gebete nicht erhört werden würden. War dies ihrer beider Schicksal? Wie konnte sie ihm helfen? Durch das lange Sitzen in der kalten Kapelle zog sie sich selbst eine Erkältung zu, die sie aber durch ihr Wissen schnell wieder in den Griff bekam. Zum Glück war ihre körperliche Verfassung auch besser als bei den meisten ihrer Patienten. Sie hatte schon viele gesehen, die an einem einfachen Schnupfen gestorben waren, weil sie der Krankheit einfach nichts mehr entgegen zu setzen hatten.

Aber auch in der Zeit, in der sie erkältet war, hatte sie sich jeden Tag in das Hospital begeben. Sie wollte jeden Augenblick, den Gott ihr schenken würde, mit Hans zusammen sein.

13. Kapitel

Der Tod als Erlösung

s war ein trüber Tag im Januar, als die Novizin im Morgengebet saß und sie ein seltsames Gefühl beschlich. Die Heiligen an den Wänden der Kapelle schienen heute ganz traurige Gesichtszüge zu haben. Irgendetwas war anders als sonst. Das Gebet dauerte heute irgendwie so lange, wie noch nie zuvor. Sie zwang sich richtig, auf dem Platz zu bleiben, dabei zog es sie mit einer viel stärkeren Kraft zur Krankenstation und damit natürlich zu Hans hinüber. Sein Gesundheitszustand hatte sich in den letzten Tagen immer mehr verschlechtert und eigentlich gab es keine Hoffnung mehr für den Mann. Am liebsten wäre sie während des Gottesdienstes aufgesprungen und hinausgelaufen, doch sie hielt sich krampfhaft an der Bank fest und saß auf dem letzten Stück der Bank, ganz vorn.

Endlich konnte sie die Kapelle verlassen und ging den vertrauten Weg, so schnell sie konnte. Fast wäre sie gerannt, doch das ging bei dem Schnee nicht. Sicher wäre sie dann ausgerutscht. Die Wege und der Hof waren von den Knechten zwar geräumt worden, aber glatt war es umso mehr. Vor dem Berg lag der Schnee am Wegesrand etwa hüfthoch. Sie griff an die Klinke der Tür und zögerte einen Moment. „Ist er noch am Leben?" fragte sie sich in Gedanken. Karola öffnete die Tür und betrat die kleine, steinerne Treppe, die zum Saal hinauf führte. Hier eilte sie nun nach oben.

Als die Novizin in den Krankensaal trat, kam ihr Schwester Gertrut, die den Morgendienst bei den Kranken hatte, schon entgegen. „Mit Hans wird es wohl heute zu Ende gehen. Der Pfarrer hat ihm schon die Sterbesakramente gegeben. Ich habe ihn in das kleine Zimmer geschoben." sagte sie. Karola nickte nur und musste schlucken. Insgeheim hatte sie ja schon lange gewusst, dass es eines Tages

56

so kommen würde, doch nun war es offensichtlich so weit, dass sie voneinander Abschied nehmen mussten. Sie ließ sich nichts anmerken und nickte nur zum zweiten Mal.

Die ältere Frau öffnete die Tür zu einem Nebenraum, in dem die Kräuter für die Kranken gelagert wurden, dann verließ sie den Krankensaal und Karola schaute sich zuerst, wie um sich selbst zu beruhigen, bei den anderen Kranken um, bevor sie zu Hans in das kleine Zimmer am Ende des großen Saales ging. Hier hatte er mehr Ruhe, um mit Gott ins Reine zu kommen. Es war zwar nicht üblich, dass es ein Sterbezimmer gab, doch hier wurde es so gemacht. Normalerweise ließ man die Sterbenden einfach bei den anderen Kranken liegen.

Hans lag mit geschlossenen Augen in seinem Bett, als er die Tür hörte drehte er seinen Kopf zu ihr. Er lächelte durch das Fieber hindurch, als er sie erkannte und sie strich ihm mit einem, in Kräutersud getränkten, feuchten Lappen zärtlich über die Stirn. So konnte sie ihm wenigstens etwas Linderung bringen und es war so fast das einzige, was sie noch für ihn tun konnte. „Hast du noch einen letzten Wunsch?" fragte sie ihn leise mit fast brechender Stimme.

Hans nickte zaghaft, seine Augen glänzten vom Fieber und er konnte schon nicht mehr sprechen, so musste er seinen Wunsch andeuten. Seine Hand glitt unter die Bettdecke und wenig später schlug er mit der letzten Kraft die Decke zurück. Karola sah an seiner nackten Körpermitte, was er sich wünschte und sie zögerte einen Moment. Sie dachte an der Rat der alten Frau und immer noch schien es ihr wider die Natur zu sein, dann dachte sie an ihr Gelübde. Aber dies war der letzte Wunsch des geliebten Menschen und konnte sie ihm diesen Verweigern?

Sie schaute auf das Kreuz in der Ecke des Zimmers und nickte, wie um sich selbst Mut zu machen. Sie sprach ein kurzes Gebet, dann raffte sie schnell ihre Röcke hoch und kniete sich auf das Bett über Hans. Den stechenden Schmerz der Vereinigung nahm sie mit zusammengebissenen Zähnen hin. Im Auf und Ab ihres Körpers wurden die Atemzüge der beiden Menschen immer schneller. Mit einem tiefen Atemzug bäumte sich Hans auf. Während er sich in ihr verströmte fiel er auf das Bett zurück und schloss für immer seine Augen. Karola stand auf, richtet zuerst ihr Sachen und deckte danach Hans zu. Sie kniete sich neben das Bett und betete für seine Seele. Dicke Tränen kullerten über ihre Wangen und sie hatte alle Mühe, sich wieder so zu fangen, dass sie der anderen Schwester gegenüber treten konnte, ohne dass diese ihren aufgewühlten Zustand bemerken würde.

Schnell wischte sie die Tränen ab, dann stand sie auf, schaute noch einmal auf Hans, der wie schlafend dalag, und verließ den Raum. Als Gertrut ihr entgegen kam sagte sie nur „Er ist gerade gestorben." und die ältere Frau nickte ihr zu. Sie verließ den Raum, um für die Beerdigung zu sorgen. Gegen Mittag kamen zwei Männer, die den toten Körper abholten und zu dem Platz hinter dem kleinen Gebäude brachten, wo sie schon in der gefrorenen Erde eine Grube ausgehoben hatten. Von dem Fenster des Krankensaals aus konnte Karola die Stelle sehen, schwarze Erde in weißem Schnee, und nun würde sie jeden Tag an der Stelle vorbei gehen, wo der Körper des Freundes für immer ruhen sollte. Still schaute sie zu, wie der Pfarrer das Kreuz über dem offenen Grab schlug und die beiden Männer anschließend die Grube wieder verschlossen.

Jetzt musste sie sich aber wieder um die anderen Kranken kümmern. Sie hatte weitere zwanzig Patienten, die meisten waren sehr schwach und viele würden Hans sicher in den nächsten Tagen oder Wochen auf den kleinen Platz vor dem Hospital folgen. Für die meisten war der Tod hier eine Erlösung von unsäglichen Schmerzen und

Not. Im Gebet hofften sie alle auf ein schönes Leben im Jenseits. Karola dachte an das gebrochene Gelübde. Hatte sie gesündigt? Würde sie dafür in die Hölle kommen? Sie nahm sich vor, ab diesem Tag ganz besonders intensiv zu beten, denn schließlich wollte sie ja im Jenseits wieder mit ihrem Hans vereinigt sein.

Am anderen Ende des Saales lag ein kleines Mädchen, das ebenfalls sehr schwach war. Karola setzte sich zu dem Kind und erzählte ihr eine kleine Geschichte, damit sie besser einschlafen konnte. Die für Hans bisher von ihr täglich beiseite gebrachte Ration würde sie nun dem kleinen Mädchen zukommen lassen.

14. Kapitel

Auf der Flucht

ie jeden Tag stand sie auch an diesem Morgen wieder im Stall bei den Schweinen. Nur für einen Moment wollte sie verschnaufen und stützte sich auf den Stiel der Mistgabel. Sie griff sich an den Rücken und versuchte sich wieder gerade hinzustellen, aber so richtig gelang ihr das nicht. Ächzend drückte sie sich hoch, als hinter ihr die Stalltür aufging. „Du faules Stück, du sollst hier arbeiten!" schrie sie ihr Mann an.

Die Frau fuhr herum und schon traf sie der erste Schlag. „Und die Tröge hast du auch nicht richtig vollgemacht!" brüllte er weiter, während Maria zu Boden ging. Sie riss die Arme hoch, um sich vor seinen Schlägen zu schützen. Schließlich ließ er von ihr ab, drehte sich um und ging zur Stalltür zurück.

Maria rappelte sich hoch und musste sich abstützen. Die Wut auf Peter wurde übermächtig und noch bevor sie wusste, was gerade geschah, hatte sie die Mistgabel geworfen. Vielleicht hatte sie nur vor gehabt, ein Achtungszeichen zu setzen, doch es kam anders. Die Gabel traf den Mann in den Rücken, riss ihn nach vorn und nagelte ihn gegen die Stalltür, die dadurch knarrend nach außen schwang.

Nur ein lautes „Uff" war von Peter zu hören, dann war alles still. Maria griff sich an den Kopf „Was habe ich getan." sagte sie und hockte keine fünf Schritte vor ihrem, tot an der Stalltür hängenden, Mann. Für eine ganze Weile war sie zu keiner Handlung fähig, sie starrte ihn einfach nur an. Eines der Schweine tippte sie mit der Schnauze an und dies holte sie aus ihrer Starre wieder heraus. „Was habe ich getan." murmelte sie erneut „Ich bin eine Mörderin!" stellte sie mit Erschrecken fest und schlug sich die Hände vor ihr Gesicht.

Wieder war es eines der Schweine, dass sie schubste. Schließlich stand sie auf und ging zur Tür. Sie musste an ihrem Mann vorbei und sah seine toten Augen auf sich gerichtet. Wie eine stumme Anklage durchdrang sie dieser Blick. Schnell ging sie an ihm vorbei und verschwand in der Hütte. „Was soll ich machen?" fragte sie sich in Gedanken. „Ich muss fliehen!" Sie dachte an die alten Geschichten zurück. Die ihr ihre Mutter einst erzählt hatte. Von den freien Frauen auf dem Berg, nicht weit entfernt.

Maria raffte ein paar Sachen zusammen und steckte diese in einen Beutel, den sie sich über die Schulter warf. Noch einmal schaute sie sich um und dachte „Wieviel Zeit habe ich bis die Untat bemerkt wird? Sicher wird Peters fehlen am Abend seinen Freunden auffallen." Es blieben ihr also nur ein paar Stunden, um einen kleinen Vorsprung zu erhalten. Im besten Falle ein ganzer Tag. Schnell war sie aus dem Dorf, ohne sich noch einmal umzusehen.

Die Spitze der Berge konnte sie weit im Süden sehen und so lief sie einfach darauf zu. Was sie dort erwarten würde, konnte sie nicht sagen, nur dass, wenn sie im Dorf bleiben würde, sie sicher den Tag nicht überleben würde. „Auge um Auge." hatte der Pfarrer immer wieder in der sonntäglichen Predigt gesagt und so würden es die Männer sicher auch mit ihr machen.

Am Ausgang des Dorfes spielten ein paar kleine Kinder, an denen sie schnell vorbei ging. Nach ein paar Schritten hatte sie ein lichtes Wäldchen erreicht, durch das sie einem Waldweg folgte. Nach dem Wald war der Blick auf den Berg wieder frei. Wie magisch zog sie dieser Gipfel an, der Teil eines kleinen Gebirges war. Sie ging abseits der großen Straßen und vermied es, wo es ihr möglich war, durch Dörfer zu gehen, oder anderen Menschen zu begegnen. So wollte sie ihren, sicherlich bald folgenden, Verfolgern keine Möglichkeit bieten, sie schnell zu finden.

Damit kam sie aber langsamer voran, als wenn sie auf der Straße gegangen wäre. Immer wieder kamen ihr die Minuten im Stall in die Erinnerung. Was hatte sie nur getan? Sie wollte ihn doch nur erschrecken. Und nun? Irgendetwas oder irgendjemand hatte die Mistgabel so gelenkt, dass sie zu einem tödlichen Geschoß geworden war. Natürlich war sie durch die tägliche Stallarbeit kräftig geworden. Ihre Muskeln waren stark und sicher hätte sie, wenn sie es sich nur getraut hätte, Peter schon lange Einhalt gebieten können. Doch was wäre das Resultat gewesen? Er hätte sie an den Schandpfahl vor der Kirche binden lassen und jeder hätte sie angespuckt oder mit Dreck beworfen.

Vielleicht wäre das aber besser gewesen, als diese Flucht hier. Immer weiter gen Süden zog sie und mit ihr die düsteren Gedanken. Als sie über eine Brücke musste, um einen kleinen Fluss zu überqueren, kam ihr in diesem Moment auch noch ein Ochsenkarren entgegen. Ein müder alter Bauer mit zwei müden alten Ochsen quälte sich auf der Straße dahin. Maria versuchte ihr Gesicht nicht zu zeigen, aber vielleicht machte sie das auch nur noch mehr verdächtig? Bevor sie eine Entscheidung getroffen hatte, war der alte Mann vorüber und sie war auf der anderen Seite des Flusses. Sie kniete sich an der Brücke neben das Wasser und trank davon. Die ganze Strecke bis hierher hatten sie durstig gemacht und daran, Wasser mitzunehmen, hatte sie in der Eile nicht gedacht. Auch zu Essen hatte sie nichts in den Beutel getan.

Sie schaute sich um und sah einen Apfel neben dem Weg liegen, wie für sie bereit gelegt. Sicher war er von einem der Wagen herunter gefallen, die die Brücke überquerten. Im Gehen aß sie den Apfel, doch er machte nur noch mehr Hunger, als das er sie satt machte. Nun sah sie sich überall um, wo sie etwas zu essen her bekommen konnte. An einem einzeln stehenden Haus sah sie eine Kiste stehen, auf der die Bäuerin gerade ein Brot zum Abkühlen abgestellt hatte. Schnell nahm sie es auf und versteckte das warme Brot unter ihrem Kleid. „Jetzt kommt zum Mord auch noch ein Diebstahl dazu." dachte sie sich und ihr schlechtes Gewissen hätte sie fast zur Umkehr gezwungen, nur der Hunger und die Angst ließen sie weiter vorwärts gehen.

Konnte sie denn überhaupt der Rache Gottes entkommen? Die Hölle war ihr doch bestimmt schon jetzt sicher. Fast konnte sie die Flammen des Höllenfeuers schon spüren. Eilig lief sie weiter.

Nach einer Weile setzte sie sich in einem kleinen Wäldchen auf einen Stein und verschlang das nun nur noch warme Brot. Langsam setzte die Dämmerung ein und sie musste sich etwas suchen, wo sie die Nacht bleiben konnte. In den Schatten der Bäume schienen die Teufel schon auf ihre Seele zu warten.

15. Kapitel

Schrecken im Wald

Die Nacht hatte Maria in einer, abseits eines Dorfes gelegenen, einzeln stehenden Scheune verbracht. Doch auch hier war die Angst vor der Entdeckung immer bei ihr und ließ sie nicht richtig schlafen. Den zweiten Tag war sie nun schon auf der Flucht. Noch immer verfolgten sie die toten Augen ihres Mannes und das Bild, das sich tief in ihr Gedächtnis eingebrannt hatte, wie er dort an der Stalltür gehangen hatte. Am meisten Angst machte ihr aber, dass sie dabei immer den Gedanken hatte „Er hat es verdient!" Nur kurz hatte sie in dieser Nacht vor sich hin gedöst. Erst weit nach dem Einbruch der Dunkelheit war sie aus einer kleinen Baumgruppe, wo sie sich zur Dämmerung versteckt hatte, zu der Scheune geschlichen. Nur keinen Lärm machen, hatte sie sich immer gesagt und besonders sorgfältig alles abgetastet.

Zum Glück sah es in dieser Scheune genauso aus, wie in ihrer eigenen. Sogar die Leiter zum Heuboden stand an genau derselben Stelle wie bei ihr. Nun schlich sie genau so leise wieder aus der Scheune heraus und zu einem kleinen Gebüsch. Die Sonne würde sicher bald aufgehen und dann könnte der Besitzer kommen und das wollte sie nicht riskieren. Was hätte sie ihm sagen können? „Guten Tag, ich bin eine Mörderin auf der Flucht und habe einfach mal hier geschlafen." Sie schüttelte den Kopf und duckte sich in das Gebüsch. Noch war kaum etwas zu erkennen. Nur ein ganz kleiner, roter Streifen war am Horizont zu sehen.

In dem Dorf, das sie in einiger Entfernung liegen sehen konnte, begannen die Hunde zu bellen. Offensichtlich waren die ersten Bauern oder Bäuerinnen auf dem Weg zu ihren Ställen. Trotz der immer noch dunklen Wege war es für Maria nun Zeit aufzubrechen. Sie ging weiter nach Süden. Die ersten Sonnenstrahlen beleuchteten schließlich den kleinen Feldweg, auf dem sie, den Beuteln auf dem Rücken, schnell dahinschritt. Ab und zu stolperte sie über die eine oder andere Wurzel, die am Wegesrand lag und die in der Dämmerung nicht zu sehen war, aber schon bald war es richtig hell geworden.

Keine Wolke war über ihr zu sehen. Es war der erste richtig schöne Tag des Jahres und der Berg lag nun direkt vor ihr. Nicht mehr weit und sie würde es geschafft haben. Dort drin wäre sie in Sicherheit und was dann kommen würde, das würde sich dann schon ergeben. Sie musste nur noch eine kleine Freifläche überqueren und dann wäre sie im Wald. Ein Pferd wieherte hinter ihr und als sie sich umdrehte, sah sie auf einem kleinen Hügel ein paar Reiter stehen. Bis zu dem Hügel war es ein ganzes Stück, viel weiter, als es bis zum Wald war. Maria drehte sich wieder um und rannte los.

Nur noch ein kleines Stück blieb ihr bis zum Waldrand, aber sie konnte schon den Hufschlag der Pferde hinter sich hören. Immer schneller lief sie, so schnell es das nach oben geraffte Kleid nur zuließ. Ihr Atem rasselte von dem Lauf. Sie lief um ihr Leben und gleichzeitig mit den Pferden um die Wette. Immer näher kamen die Bäume. Würde sie es schaffen?

Immer weiter eilte sie über die Wiese, aber da überholte sie das erste Pferd und stellte sich in ihren Weg. Maria stolperte und versuchte ihren Lauf zu bremsen, dann prallte sie gegen das große Tier. Der Reiter ergriff ihren Arm und hielt sie fest. Sie schaute nach oben und erkannte Siegbert, den Bruder ihres Mannes, mit wutverzerrtem Gesicht schaute er auf sie herunter. „Habe ich dich endlich!" rief er und zog sie in die Höhe.

Die anderen vier Reiter waren nun ebenfalls eingetroffen. Einer saß ab und lief zu Maria hinüber. Er umfasste ihre Hüften und Siegbert ließ ihre Hand los. Nun saßen alle Männer ab. Der Mann kam um das Pferd herum und schlug ihr mit der Hand ins Gesicht. Hätte der andere sie nicht festgehalten, wäre sie sicher gestürzt. Der Schlag riss ihren Kopf zur Seite und ihre Wange glühte.

„Was machen wir mit ihr?" fragte einer der Männer und Siegbert schaute sie mit schräg gehaltenem Kopf an. „Holt Holz. Wir werden sie langsam über dem Feuer rösten. Aber vorher haben wir noch alle unseren Spaß mit ihr." Er riss ihr das Kleid herunter und schleifte sie an den Haaren hinter sich her zu einem Baum an der Waldkante, wo er sie festband, so dass sie mit dem Bauch gegen den Baum stand und diesen umarmen musste.

Einer der Männer brachte die Pferde zu einem Bach auf der Wiese, während die anderen Holz sammelten. Schon bald hörte sie das Feuer hinter sich prasseln. Siegbert hatte eine Peitsche geholt und begonnen sie langsam, am Baum stehend, auszupeitschen. Nach ein paar Schlägen sagte einer der Männer „Wollten wir nicht unseren Spaß mit ihr haben?" „Also ich habe Spaß." erwiderte Siegbert und ließ die Peitsche wieder auf Marias Rücken niedersausen. Jeder Schlag hinterließ eine blutige Spur und brachte die Frau zum Aufschreien.

Schließlich hörte Siegbert auf und sagte „Sie gehört nun euch." Marias Hände wurden los gemacht und sie wurde nun mit dem zerschundenen Rücken an den Baum gestellt. Einer der Männer zog ihre Hände so stark nach hinten, dass sie vor Schmerzen aufschrie. Einer nach dem anderen verging sich nun an ihr, während sie auf das Feuer schauen musste, das ihr Leben bald beenden sollte.

Immer mehr Holz wurde aufgelegt und sie konnte die Hitze bis zum Baum spüren, obwohl das sicher zwanzig Schritte Entfernung waren. „Genug." schrie Siegbert „Lasst uns die Mörderin nun endlich verbrennen!" die Männer ließen von ihr ab und traten zum Feuer. Sie zogen die Äste auseinander, bis nur noch die Glut übrig war, auf die sie Maria legen wollten.

Während alle Männer mit dem Feuer beschäftigt waren und sich keiner um sie kümmerte, merkte sie, wie sich die Fesseln an ihren Händen plötzlich lösten und eine Frauenstimme flüsterte ihr ins Ohr „Lauf in den Wald." so schnell sie konnte torkelte Maria in Richtung Wald. Die Männer bemerkten ihre Flucht und wollten ihr hinterher, als ein Pfeil sich in Siegberts Brust bohrte und er mit einem Schrei nach hinten umfiel. Ein weiteres Zischen folgte und der zweite Mann fiel tot in die Glut.

Die anderen drei flohen, ohne sich umzudrehen, zu ihren Pferden und verschwanden. Maria war ein kleines Stück in den Wald gegangen, bis sie auf die Knie sank. Eine Frau trat an sie heran und half ihr auf. Sie trug schwarze Sachen, hatte lange schwarze Haare und war mehr als einen Kopf größer als Maria. „Ich bin Bärlinde. Ich war auf der Jagd und habe dich schreien gehört." Die Frau nahm ihren Umhang ab und legte ihn vorsichtig um Marias nackte Schultern. Dabei vermied sie es, die Wunden auf dem Rücken der Frau zu berühren. Dann ergriff sie Pfeil und Bogen, sowie zwei frisch erlegte Hasen, und führte Maria tiefer in den Wald hinein.

16. Kapitel

Zeit der Prüfungen

Es war das Ende eines sehr nassen Aprils. Schnee und Regen hatten sich immer gegenseitig abgelöst. Unter Karolas Kutte wölbte sich ein kleines Bäuchlein. Manchmal spottete Gertrut „Unsere Schwester Karola isst ja für zwei." wenn sie jeden Abend ordentlich zulangte. Die Nonne konnte ja nicht wissen, wie Recht sie doch damit hatte. In der Nacht strich Karola sich oft über den Bauch und das darin heranwachsendes Geschenk von Hans.

Bei jedem Badetag versuchte sie nun möglichst alleine zu sein. Sie wollte den anderen Frauen ja nicht zeigen, in welchen Umständen sie war. Zum Glück fiel die Kutte so weit aus, dass sie den Bauch gut darunter verstecken konnte, aber lange würde das nicht mehr gut gehen. Zusätzlich war es auch nicht mehr lang hin, bis sie ihr Gelübde ablegen würde, wenn sie das überhaupt noch wollte. Oder konnte! In ihrem zweiten Gelübde hatte sie ja, wie in dem zuvor, Keuschheit gelobt. Und genau das hatte sie ja gebrochen. Bisher hatte sie das nur verdrängt, aber sie würde am Schandpfahl enden, wenn es jemand merken würde. Ausgepeitscht oder gesteinigt! Das Schlimmste daran war aber, dass sie sich ja auch niemanden anvertrauen konnte. Nicht einmal Uta konnte sie etwas sagen. Die ältere Freundin würde sie sicher auch nicht verstehen.

Wenn Karola ehrlich war, so konnte sie es ja selbst kaum begreifen, was sie da getan hatte. Es war einfach ein spontaner Entschluss, eine Eingebung gewesen. So lebte sie nun in der ständigen Angst vor der Prüfung, ohne eigentlich eine Idee zu haben, was sie tun sollte. Sie verdrängte diese Prüfung vollkommen und doch würde sie, wenn sie erst achtzehn war, ganz sicher auf sie zu kommen.

Eines Tages hörte sie von Gertrut die befürchteten Worte „Karola, du sollst ins Scriptorium kommen." „Was nun?" fragte sie sich in Gedanken. Der Priester würde ohne Frage sofort feststellen, dass sie keine Jungfrau mehr und obendrein auch noch schwanger war. Sie würde sicher ausgepeitscht und mit Schimpf und Schande aus dem Stift gejagt. Wenn man sie mit dem Leben davon kommen lassen würde. Sie sah sich um und ging langsam die Treppe hinunter.

Bevor sie das Haus verließ und auf den Hof trat, kam sie an der Küche vorbei. Sie sah ein frisch geschlachtetes Huhn auf dem Tisch liegen. Schnell tauchte sie ihre Finger in das Blut des Tieres und schmierte es auf ihr Lendentuch. Dann ging sie in das andere Haus. Wie es ihr aufgetragen war meldete sie sich in dem Scriptorium. Eine alte Frau war mit ihrer, vielleicht fünfzehn Jahre alten, Tochter in dem Raum, um dort mit genau derselben Prozedur, wie sie nun Karola bevorstand, die Genehmigung für die Hochzeit der Tochter zu erhalten.

Nicht nur die Nonnen wurden also hier ihren Prüfungen unterzogen, sondern auch die Frauen und jungen Mädchen der Umgebung, um zur Hochzeit zugelassen zu werden. Mit einem Federstrich bestätigte einer der Männer, der an einem Stehpult an der Seite eines Tisches stand, die Heiratsfähigkeit des Mädchens. Ohne dieses Dokument würde das Mädchen nicht vermählt, sondern mit Schimpf und Schande aus der elterlichen Hütte geworfen werden.

Nachdem die Beiden das Zimmer verlassen hatten zeigte der alte Mann wortlos auf den Hocker, von dem das andere Mädchen gerade aufgestanden war, auf dem sie zur Kontrolle Platz nehmen musste und auf dem sie auch schon zweimal gesessen hatte.

Karola schüttelte den Kopf und hob ihren Rock nur soweit hoch, dass er das Blut zwischen ihren Beinen sehen konnte, aber nicht soweit, dass er den Bauch darüber sah. „Na gut, dann sehen wir uns in einer Woche wieder." stellte er fest und schickte sie wieder fort. Nun musste sie sich etwas einfallen lassen. Eine Woche hatte sie Zeit für eine Idee gewonnen. Sie überquerte den Hof wieder und setzte sich auf eine Bank am Weg zum Kreuzgarten. Von dort aus schaute sie auf den kleinen Brunnen, der in der Mitte des Platzes stand.

Karola hob ihren Blick und sah den grünen Hügel über der Mauer des Stiftes. Sie dachte an ein Gespräch, dass zwei Frauen im letzten Jahr geführt hatten und dass sie zufällig gehört hatte. In der Unterhaltung war es um dieses kleine Gebirge gegangen und um Frauen, die sich dort versteckt hatten. Sie begann zu grübeln und versuchte sich an jedes Wort zu erinnern.

Uta trat in den Garten und sah Karola dort sitzen. Sie winkte Uta zu sich und die beiden Frauen setzten sich nebeneinander. Nach einer Weile fragte Karola „Was weißt du über diesen Berg dort?" und zeigte auf die grünen, dicht mit Bäumen bewachsenen Hänge. „Ich habe mal gehört, dass dort die freien Frauen leben. Genaues weiß ich aber nicht. Es sind alles nur Gerüchte und Schauermärchen, die Männer erzählen. Vermutlich ist alles ganz anders dort im tiefen, dunklen Wald. Die Männer nennen sie Hexen und verachten sie. Wenn eine von ihnen gefangen wird, so ergeht es ihr fast immer schlecht. Warum fragst du?" „Nur so." erwiderte Karola und stand auf.

Das Ziel war nun klar. Jetzt brauchte sie einen Plan. Da nun auch schon langsam die Dämmerung einsetzte, begaben sich die beiden Frauen wieder in das Haus zurück. Für all das, was sie bisher nicht bedacht hatte, musste sie nun umso schneller eine Lösung finden. Eine Woche war nicht viel Zeit, wenn man schon fast fünf Jahre wohlbehütet in einem Stift wohnte. Alles würde sich für sie ändern und das nicht nur durch das Kind, sondern durch die Lebensumstände im Allgemeinen. Bisher war alles für sie geregelt, vom Aufstehen am Morgen bis zum Schlafen gehen am Abend. Und nun?

Sie konnte sich noch gut an die Kindheit erinnern, vor der sie ja fast in das Stift geflohen war. An den Hunger und die Gewalt. Würde das dort im Wald ähnlich sein? Vermutlich ja, aber wenn es eine Gemeinschaft von Frauen dort gab, war sie so wie diese Gemeinschaft hier im Stift? Oder vollkommen anders? Mit Grübeln und nachdenken legte sie sich in ihr Bett und fand schlecht in den Schlaf. Wenn das Gebäude der Kirche nicht im Wege gestanden hätte, so hätte sie den Berg im Mondlicht von ihrem Fenster aus sehen können. So wie sie mit Grübeln eingeschlafen war, so wachte sie auch mit Grübeln wieder auf.

Der zweite Tag der Woche hatte begonnen! Sie musste sich beeilen und begann mit einem Bittgebet in der Kapelle.

17. Kapitel

Noch eine Flucht

Seit einer Woche war Maria nun schon bei Bärlinde im Wald. Die Wunden auf ihrem Rücken begannen sich gerade zu schließen. Immer wieder legte die erfahrene Frau Kräuter auf, die Marias Schmerzen gelindert hatten. Sie war zwar Gewalt gewöhnt gewesen, aber der Missbrauch durch die Männer und die Gegenwart ihres eigenen Todes hatten Maria doch viel mehr zugesetzt, als sie es sich selbst zugestehen wollte. Die äußerlichen Wunden würden sich schließen, doch was würde aus den Narben auf ihrer Seele? Nicht nur die, die bei der Flucht entstanden waren, sondern auch die aus ihrer Ehe.

Die ganze Zeit hatte sie auf dem Bauch in der Hütte gelegen, da sie sich durch die Wunden nicht auf den Rücken drehen konnte, oder sie hatte an dem kleinen Tisch gesessen und in das Feuer geschaut, nie hatte sie diese Hütte, die nun mehr ein Schutzraum für sie war, verlassen können. Einmal hatte sie es versucht und war zitternd zusammengebrochen, als sie die Türklinke in der Hand hatte. Es würde sicher einige Zeit dauern, bis sie wieder Vertrauen in das Leben haben würde. So empfindsam hatte sie sich selbst gar nicht eingeschätzt. Zum Glück hatte sie nur ganz kurz Fieber bekommen, doch Bärlinde hatte ihr mit einem Kräutersud helfen können.

Geräusche von Schritten unterbrachen ihre Gedanken und die Tür wurde geöffnet. Bärlinde betrat die Hütte und legte zwei Hasen auf den Tisch, die sie im Wald mit ein paar Fallen gefangen hatte. Zuerst sah sie aber nach Maria und wechselte den Verband, bevor sie die Hasen abzog und ausnahm. „Kann ich dir irgendwie helfen? Ich fühle mich so nutzlos." fragte Maria und die andere Frau nickte „Du kannst die Wurzeln hier schälen." sagte sie, schob ihre Tasche über den

Tisch und kippte viele verschiedene Knollen auf den Tisch, die sie im Wald ausgegraben hatte. Jetzt, im Frühjahr, gab es noch keine Pilze und kaum Beeren, von denen sie sich den Rest des Jahres fast ausschließlich ernährte.

Maria stand auf und setzte sich an den Tisch. Sorgfältig reinigte sie die Wurzel und schnitt sie für die Suppe klein. Sie betrachtete die Hasen und fragte „Gibt es bei dir jeden Tag Fleisch?" „Wenn die Hasen so dumm sind, in die Falle zu gehen, dann ja." erklärte Bärlinde lachend. „Oder du so schlau bist, die Falle gut zu tarnen." setzte Maria dazu. „Genau." sagte Bärlinde und beide Frauen lachten. „Manchmal jage ich auch ein Reh, aber das war mir bisher zu viel Fleisch. Meist mache ich dies im Herbst, damit ich für den Winter Vorräte habe." dabei zeigte sie auf Pfeil und Bogen, die in der Ecke lagen.

„Da habe ich wohl großes Glück gehabt, dass du sie mitgehabt hast, als ich da am Baum stand." antwortete Maria nachdenklich und schaute die Waffen an. „Manchmal muss sich eine Frau wehren können." erwiderte Bärlinde mit einem harten Unterton „Aber nun zurück zur Suppe." beschloss sie lachen den Satz und stellte den Kessel mit den Hasen- und Wurzelstücken über das Feuer.

Zum selben Zeitpunkt saß, fast auf Sichtweite, wenn die Bäume nicht dazwischen gewesen wären, Karola auf der Bank vor dem Hospital. Noch zwei Tagen waren ihr geblieben, also war der morgige Tag dann wohl der letzte Tag in dem Stift. Sie schaute zu dem Tor hinüber, hinter dem sich ihr Zuhause nun schon seit fast fünf Jahren befand. Sie legte die Hände um ihren Bauch und dachte nach.

„Habe ich an alles gedacht? Kleidung, Verpflegung und mein Buch habe ich schon in der Kräuterkammer versteckt." sagte sie sich in Gedanken. Die Kleider hatte sie von einer Bauersfrau genommen, die am Vortage gestorben war und die bei ihrer Ankunft zwei Kleider an gehabt hatte. Es war schon fast ein Zeichen gewesen, das gerufen hatte „Nimm mich und verstecke mich!" und so hatte sie das zweite Kleid vor der Beerdigung heimlich verschwinden lassen.

Sie schaute noch einmal auf den grünen Hügel hinter den Mauern, der am nächsten Tag ihr Ziel sein würde. „Was wird mich dort erwarten? Der Tod durch ein wildes Tier, oder das Leben in einer Gemeinschaft von freien Frauen?" Plötzlich dachte sie an ihr kurzgeschorenes Haar. Sie erschrak, denn daran und an die Erkennungsgefahr durch ihre Haare hatte sie nicht gedacht. Wenn sie so an den Wachen vorbei wollte, würden sie diese sicher sofort zurück bringen. Zu offensichtlich war sie als Nonne zu erkennen.

„Was mache ich bloß?" fragte sie sich seufzend und schaute zum Eingang des Hospitals. Ein Mann saß dort und bettelte. Er war ein Aussätziger und hatte das eine Ohr verbunden. In seinen zerlumpten Sachen wollte ihm niemand zu nahe kommen. Keiner wollte den Aussatz bekommen und selbst die Nonne Gertrut warf ihm, in diesen Augenblick, aus einem sicheren Abstand ein Stück Brot zu.

„Wenn ich mir den Kopf verbinde, wird die Torwache sicher auf Abstand bleiben." dachte Karola, stand von der Bank auf und ging in das Hospital zurück, um sich ein großes Tuch zurück zu legen. Dann ging sie mit Gertrut zurück in das Stift. Es war Zeit für das Abendgebet. Diesmal betete sie im Stillen für eine erfolgreiche Flucht, aber konnte dieses Gebet wirklich erhört werden? Sie hoffte es und ging danach zu ihrer letzten Abendmahlzeit.

Während des Mahls ließ sie den Blick wehmütig über die anderen Frauen schweifen. Niemanden konnte sie sich erklären, niemanden drücken oder umarmen. Es wurde ein stiller Abschied, denn jede hätte sie verraten können. Egal ob aus Versehen oder mit Absicht. Karola konnte dabei nur sich selbst vertrauen. Sie hatte einfach keine Wahl und erst später in ihrer Zelle ließ sie ihren Tränen freien Lauf.

Am nächsten Tag lief alles wie geplant. Unter einem Vorwand verschwand Karola in der Kräuterkammer und schon wenig später kam eine dreckige, zerlumpte und am Kopf bandagierte Bettlerin wieder heraus. Leise schlich sie die Treppe nach unten und verließ das Haus. Auf eine Krücke gestützt, die sie im Kräutergarten versteckt hatte, humpelte sie den Weg entlang. Am Grab von Hans blieb sie ein paar Augenblicke stehen und nahm still Abschied.

Keiner in der Stadt nahm von ihr Notiz. Jeder machte einen großen Bogen um sie herum und auch die Wachen am Tor winkten sie einfach nach draußen. Sie ging noch ein Stück humpelnd weiter, dann warf sie die Krücke in den Straßengraben und lief einfach geradeaus weiter. Sie sah sich nicht um und schloss so mit ihrem Klosterleben ab.

18. Kapitel

Dem Licht gefolgt

Sie folgte einfach dem Lauf der Sonne, das erste Stück rannte sie nach Süden auf einer breiten Straße, die fast auf den Berg zulief, um dann abzubiegen. Dann schritt sie über eine Wiese auf den Waldrand zu. Als sie am Nachmittag diesen Waldrand erreicht hatte, ging sie weiter der Sonne nach, diesmal nach Westen. Hier im Wald kam sie viel langsamer voran, als sie gedacht hatte. Dieser Wald war an manchen Stellen so dicht, dass sie kleine Umwege machen musste, weil die Dornenhecken so miteinander verfilzt oder das Unterholz so ineinander verschränkt war, dass sie sich die ohnehin schon zerrissenen Sachen nur noch mehr zerfetzt hätte.

Sie folgte kleinen ausgetretenen Tierpfaden, die sich durch den Wald zogen. Nur manchmal musste sie davon abweichen, wenn der Weg zu unwegsam wurde. Das vorher ganz um den Kopf gewickelte Tuch hatte sie nun so gebunden, dass es nur noch ihre kurzen Haare versteckte. An einem kleinen Bach wusch sie sich und bemerkte einen Bären auf der anderen Seite der breiten Schlucht. Zum Glück stand der Wind günstig, so dass das Tier sie nicht bemerkte. Vorsichtig schlich sie weiter, so leise das eben in einem Wald und ohne Erfahrung möglich war. Sorgsam setzte sie die Füße auf und doch knackte ab und zu ein trockener Ast. Vermutlich hatte schon jeder im Wald bemerkt, dass sich hier jemand bewegte. Vor dem Einbruch der Dunkelheit musste sie entweder ein Feuer machen oder eine sichere Unterkunft finden.

Karola hielt die Augen offen, aber nirgends war etwas zu sehen. Vor der einzigen Höhle, an der sie vorbei kam, waren deutliche Bärenspuren zu sehen und so traute sie sich da auch gar nicht erst hinein. Langsam senkte sich die Dämmerung über den Wald und die Vögel, deren lustige Lieder sie bisher begleitet hatten, verstummten. Wo sollte sie hin? Nicht mehr lange und es würde vollkommen dunkel sein.

Ratlos blieb sie stehen, sie lauschte in den Wald und sah sich um. Nur Bäume rings um und ab und zu ein Knacken im Unterholz. Das konnte direkt hinter ihr gewesen sein oder aber auch sehr weit entfernt. Langsam beschlich sie die Angst. War es richtig gewesen, hier alleine in den Wald zu gehen? Sie sank auf die Knie und bat um ein Zeichen. Genau in diesem Moment sah sie ein kleines Licht durch das Unterholz leuchten.

Nur kurz hatte sie es gesehen, sie stand auf und ging einfach in diese Richtung los. Mittlerweile wurde es schon etwas dunkler und auch kälter. Wie weit konnte dieses Licht weg gewesen sein? Sie stolperte über eine Wurzel, fiel auf den Waldboden und ließ einen Ast unter sich laut knacken. Als sie aufsah erblickte sie wieder das kleine Licht, nun schon deutlich größer. Karola rappelte sich auf und ging nun viel schneller, da es ja immer dunkler wurde.

Endlich stand sie, im letzten Licht des Tages, vor einer kleinen Hütte mit einem schiefen Dach. Ringsum war fast bis zur Hüfte hoch Erde an der Wand aufgeschüttet, die mit Gras und Moos bewachsen war. Sie ging zu der Tür und klopfte, ohne auf eine Antwort zu warten trat sie einfach ein. Zwei Frauen saßen an einem Tisch im Scheine eines Feuers und sahen zur Tür.

„Kann ich rein kommen?" fragte Karola. Eine der Frauen stand auf und sagte „Bist du das nicht schon. Ich bin Bärlinde, das ist Maria. Komm setz dich und iss mit uns." dabei holte sie eine Schüssel und stellte diese wie selbstverständlich auf den Tisch. Karola nickte und merkte erst jetzt, wie hungrig sie war. Dabei hatte sie doch Brot und Wurst mitgenommen. Sie hatte nur vergessen sie zu essen. Nun packte sie diese auf den Tisch und setzte sich. Maria sah die Wurst mit großen Augen an und Karola schob sie ihr hin, während Bärlinde Suppe in die Schüssel füllte. „Danke." sagte Karola und löffelte los.

Maria legte sich eine dicke Scheibe Wurst auf das Brot und biss mit Genuss hinein. Sorgfältig kaute sie den Leckerbissen, den es sonst nur an wichtigen Feiertagen gegeben hatte. „Wo kommst du denn her?" fragte Bärlinde und zeigte auf Karolas Bettlergewand. Die legte das Kopftuch ab und sagte, zwischen zwei Löffeln Suppe, aus dem Stift. Bärlinde nickte. „Sie ist eine Bäuerin." dabei zeigte sie auf die mit vollem Mund kauende Maria, die nur dazu nickte, „Und ich bin eine Kräuterfrau."

„Ich hatte Glück, dass ich das Licht aus eurer Hütte gesehen habe." sagte Karola, nachdem sie ihren Löffel sauber geleckt hatte. „Welches Licht?" fragte Bärlinde zweifelnd. „Na das von eurem Feuer, als ihr vorhin die Tür geöffnet hattet." antwortete Karola und schaute zwischen den beiden Frauen hin und her. „Wir waren schon den ganzen Nachmittag nicht mehr draußen." erwiderte Maria, die nun das Brot verschlungen hatte und Bärlinde nickte zur Bestätigung.

„Na ja, wie dem auch sei." schloss Karola und gab ein stummes Dankgebet für das Licht ab. Nun konnte sie sich in der Hütte umschauen. Es gab darin aber nicht viel zu sehen. Eine Wand war mit Brennholz bis oben hin aufgestapelt. An der gegenüberliegenden Seite stand ein breites Bett, so breit wie die Hütte, und in der Mitte Tisch und Feuerstelle. In einer der Ecken standen ein paar kleine Säcke und ein toter Hase hing dort. Über dem Bett hingen Kräuter, die auf einen Strick aufgefädelt unter der Decke von Wand zu Wand gespannt waren.

Einige davon kannte Karola aus ihrem Kräutergarten, andere waren ihr unbekannt. Es duftete nach den trocknenden Kräutern. Das Feuer knisterte und beschien die drei Frauen, die nun um den Tisch saßen und begannen sich zu unterhalten. „Warum bist du aus dem Stift geflohen, wo du es doch da so gut hattest?" fragte Maria und zeigte auf das letzte Stück Wurst, das noch auf dem Tisch lag. Ohne ein Wort zog Karola ihr Kleid hoch und zeigte das kleine Bäuchlein. „Vierter Monat?" fragte Bärlinde und Karola nickte, nachdem sie das Kleid wieder herunter gezogen hatte.

Erst spät in der Nacht gingen sie schließlich zu dritt ins Bett und kuschelten sich aneinander. Nachdem das Feuer niedergebrannt war wurde es frisch in der Hütte. Vor Erschöpfung schlief Karola sofort ein, schließlich hatte sie ja auch einen langen und aufregenden Weg hierher gehabt.

19. Kapitel

Neue Lehrstunden

Irgendwo hämmerte ein Specht und weckte die drei Frauen. Es war so laut, das man denken konnte, er säße auf dem Dach der Hütte. Bärlinde fachte das Feuer wieder aus der Glut des Abends an. Wenig später knisterte es und es wurde warm in der Hütte. Bärlinde ging nach draußen und zog an der Seite, über dem Bett, von draußen einen Fensterladen zur Seite. Waldluft strömte in die Hütte und der Duft von weichem Moos vermischte sich mit dem Geruch der getrockneten Kräuter über dem Bett.

Die Frau kam von draußen zurück und ließ die Hüttentür weit offen stehen. Sie nahm ein paar getrocknete Kräuter und verband Marias Rücken neu. Karola ging nach draußen, legte ihr Kleid ab und wusch sich vor der Hütte in einem kleinen, kalten Bergbach, den sie am Vortag gar nicht bemerkt hatte. Mit einem Eimer trat Bärlinde zu ihr und schöpfte Wasser zum Kochen heraus. Es war zwar ein grauer Tag hier im Wald, und sonst noch etwas Frisch, aber das störte Karola nicht. Über ihr ein grauer Himmel und rund herum die Bäume, mit den grünen Blättern. „Bist du immer hier alleine gewesen?" fragte Karola die andere Frau und die nickte nur. „Ab und zu besucht mich mal meine Schwester, aber nur wenn ihr Mann es zulässt." Dabei verzog sie die Mundwinkel „Oder es kommen Frauen, die auch hier im Wald leben oder Hilfe brauchen." „Hast du keine Angst? Ich habe da einen Bär gesehen." fragte Karola nach und wieder schüttelte Bärlinde nur den Kopf. Mit dem Eimer in der Hand ging sie zurück zur Hütte.

Karola schüttelte das Wasser ab, drückte dann die restliche Feuchtigkeit mit der Hand aus ihren Haarstoppeln und zog das Kleid wieder an. Für ein paar Augenblicke sah sie sich um. Die Hütte stand in einer kleinen Schlucht, gut geschützt von drei Seiten. Ringsum standen hohe Bäume. An einer Seite waren ein paar Tannen. Selbst aus so kurzer Entfernung und am Tag war die Hütte kaum zu sehen. Wie sie das geschafft hatte, die Hütte trotzdem und in der Dunkelheit zu finden, konnte Karola immer noch nicht fassen. Sie griff an das hölzerne Kreuz, dass sie um den Hals trug, kniete sich hin und betete.

Für die Zeit des Gebetes gab auch der Specht Ruhe, nur um danach wieder lautstark gegen einen hohlen Baum zu trommeln. Die Frau stand auf und ging in die Hütte zurück. Die anderen Beiden hatten das Essen vorbereitet und stellten gerade wieder die Schüsseln auf den Tisch. Karola sah die Kräuter an und fragte Bärlinde über die aus, die sie noch nicht kannte. Die beiden Frauen begannen zu fachsimpeln, bis Maria rief „Die Suppe wird kalt!" Lachend setzten sie sich an den Tisch und löffelten fast im Takt des Spechts die Suppe aus.

„Wir müssen dir ein neues Kleid besorgen. Das hier ist ja vollkommen zerrissen." sagte Bärlinde und hob den Saum von Karolas Kleid an. Lange Risse von den Dornen zogen sich durch den Stoff, des schon vorher nicht sehr stabilen Kleides, das sie ja gewählt hatte, um als Bettlerin erscheinen zu können. „Mit meinen Haaren kann ich aber nicht unter die Leute. Die wüssten sofort, dass ich eine geflohene Nonne oder Straftäterin bin." entgegnete Karola und fuhr sich mit der Hand durch die kurzen Stoppeln. „Die würden mich sicher sofort dem Dorfrichter übergeben." beendete sie ihren Satz.

„Las mich nur machen." erwiderte Bärlinde und verließ die Hütte. Karola setzte sich mit dem Buch, das sie sorgsam aus der Tasche nahm, vor die Hütte in die nur mäßig scheinende Sonne. Maria blieb am Tisch sitzen und schaute durch die offene Tür auf den Rücken der Frau, die keine fünf Schritte vor ihr im Gras saß. Zaghaft Schritt für Schritt ging Maria nach draußen. Sie setzte sich neben Karola und fragte „Was ist denn das?" dabei zeigte sie auf die gelblichen Seiten des Buches.

„Das ist ein Buch. Darin hat die Nonne Hildegard vor mehr als hundert Jahren ihr Wissen aufgeschrieben. Nun kann ich mich mit ihr unterhalten, obwohl sie schon lange tot ist." erklärte Karola „Du kannst lesen?" fragte Maria erstaunt. Die Frau nickte. „Soll ich es dir beibringen?" fragte Karola und schaute in das erstaunte Gesicht vom Maria, die zögerlich nickte. Sie klappte das Buch zu und nahm ein kleines Stöckchen.

In den Sand vor ihren Füßen zeichnete sie ein großes A. „A, wie Auerochse." sagte sie und zog oben zwei Striche dran, die wie die Hörner des wilden Tieres aussahen. Daneben zeichnete sie ein B. „B, wie Baum." setzte sie fort und zeichnete daraus einen Baum, indem sie das B auf der Rückseite daran zeichnete. Mit einem Strich als Stamm sah es wirklich wie ein Laubbaum aus.

Maria nickte und zeichnete die ersten beiden Buchstaben ungelenk nach. Den ganzen Tag machten sie weiter und waren bei K, wie Kreuz, als Bärlinde mit dem Kleid zurückkam. „K, wie Kleid." lachte Maria und zeigte auf den in den Sand gemalten Buchstaben. Karola brachte das Buch in die Hütte zurück und zog das neue Kleid an, während Maria Bärlinde die ersten zwei Buchstaben im Sand erklärte. „Das ist ein sehr schönes Kleid." sagte Karola, als sie sich zu den Zweien ins Gras setzte. „Ich habe es von meiner Schwester. Sie brauchte es nicht mehr." entgegnete Bärlinde.

In den folgenden Wochen lernte Bärlinde das Lesen, während sie Karola viel über Pflanzen und das Leben im Wald beibrachte. Auch Maria lernte etwas lesen, aber ihr fiel es schwerer als den beiden anderen Freundinnen. Der Bauch von Karola wurde den Sommer über immer dicker und auch Maria stellte fest, dass sie schwanger war. Einer der Männer, die sie damals verfolgt hatten, war vermutlich der Vater. Oder aber vielleicht auch Peter, da war sie sich nicht ganz sicher.

Ab nun hatte jede von ihnen eine Aufgabe. Maria, als die Stärkste, machte das Brennholz, Bärlinde, als die geschickteste Jägerin, kümmerte sich um das Fleisch und Karola kümmerte sich um die Wurzel, Beeren und Pilze. Zusammen mit Bärlinde sammelte sie auch die Kräuter, die sie über dem Bett trockneten. Den Sommer über kamen von Zeit zu Zeit auch Frauen aus den Dörfern. Sie brachten kleine Geschenke als Gegenleistung für Kräuter oder Hilfen mit in den Wald.

20. Kapitel

Zwei Kinder

Vorsichtig schlich sich das Mädchen durch das Unterholz. Trotz der vielen trockenen Äste war kein Laut zu hören. Sie war fast sieben Jahre alt und der Herbst begann gerade die Blätter bunt zu färben. Eigentlich sollte sie ja Pilze und Beeren sammeln, doch eine Spur auf der Erde hatte ihre Aufmerksamkeit geweckt. Gebeugt und zum Sprung bereit schlich sie weiter durch den Wald.

Ein Knacken hinter ihr ließ ihre Bewegung erstarren. Vorsichtig schaute sie sich um und sah ihren fast gleichaltrigen Freund Andreas hinter ihr her schleichen. Sie winkte ihn heran, machte ihm aber mit einem Zeichen klar, dass er leise sein sollte. Sie zeigte auf die Spur und Andreas nickte. Vorsichtig gingen sie weiter. Immer von einem Baum zum anderen bewegten sie sich vorwärts. Die kleine Spur war deutlich in dem nassen Waldboden zu sehen. Vorn wurde es etwas heller und sie traten an den Rand einer Freifläche. Auf einer kleinen Lichtung, nur wenige Schritte vor ihnen, sahen sie das Eichhörnchen sitzen.

Eine ganze Weile beobachteten sie das Tier, wie es die Nüsse des letzten Jahres aus einem Versteck herausholte, oder neue versteckte, bis der Junge ein Geräusch machte, als er auf einen trockenen Ast trat, und das Tier schnell verschwand. „Du solltest doch leise sein." sagte das Mädchen zornig. „Entschuldige Uta." stammelte er und ging schnell zu seinem Korb zurück, den er weiter hinten an einen Baum gelehnt hatte. Wenig später war auch das Mädchen wieder bei ihm und gemeinsam sammelten sie weiter, was die Natur ihnen anbot. Hier zwischen den hohen Bäumen kannten sich beide gut aus. Selbst mit verbundenen Augen hätte Uta den Weg zu der kleinen Hütte zurück gefunden.

Nachdem sie die Körbe voll gesammelt hatten liefen sie wieder zurück. Der Herbst war die ergiebigste Zeit der Ernte im Wald. Sie mussten die Vorräte für den unerbittlich nahenden Winter sammeln und einlagern. An dem kleinen Bach bogen sie ab und liefen die Schlucht hinauf. Von der anderen Seite kam Bärlinde mit ein paar toten Hasen, die sie an den Ohren zusammengebunden und sich über die Schulter gehängt hatte, und folgte den beiden Kindern. Fast gleichzeitig trafen sie an der Hütte ein. Karola saß auf dem Waldboden vor der Tür und rupfte eine Gans, die sie mit Pfeil und Bogen erlegt hatte. Die Federn legte sie in einen Korb, der zu ihren Füßen stand.

Uta rannte auf sie zu und umarmte sie. „Schau mal Mama." sagte sie und hielt Karola den Korb mit den Beeren hin. „Die passen prima zu der Gans." sagte die Frau und strich Uta liebevoll über den Kopf. „Und ich habe Pilze gefunden." sagte Andreas stolz und zeigte den beiden Frauen den Korb. „Da wird sich deine Mutter sicher freuen. Wo steckt Maria eigentlich?" fragte Bärlinde und Karola antwortete „Die hat vorhin einen Baum gefällt und nun will sie ihn zerteilen und herschleppen."

„Soll ich ihr helfen?" fragte Bärlinde, aber Maria rief „Zu spät, ich bin schon da." sie kam gerade mit einem Stamm auf der Schulter hinter der Hütte hervor und ließ ihn ins Gras fallen. „Da hast du aber viele Pilze gefunden." sagte sie, als ihr Sohn ihr den Korb hinhielt. Sie ging in die Hütte hinein, brachte sie Säge weg und holte das Beil. Mit ein paar Schlägen hatte sie den Stamm zerteilt und die Scheite neben der Hütte zum Trocknen aufgestapelt.

Bärlinde stützte die Hände in die Hüften und ließ ihren Blick über die kleine Gruppe schweifen. „Ich muss noch mal in das Dorf zurück." sagte sie und schaute nach oben. „Das Kind von Gundel wird heute noch geboren werden." „Woher weißt du das?" fragte Maria zurück. Die Freundin zuckte mit den Schultern „Der Wald hat es mir gesagt." Sie ging in die Hütte und kam wenig später mit einem Beutel wieder heraus. Sie verabschiedete sich von den vier anderen und brach zügig auf.

Karola schaute besorgt hinter der Freundin her, warum wusste sie selbst nicht. Auch als Bärlinde schon lange verschwunden war sah sie noch auf die Bäume am Ende der Schlucht, zwischen denen die Freundin hindurch gegangen war, dann drehte sie sich zu den anderen um. Eine dunkle Ahnung kroch in ihr hoch und sie musste sich zwingen der Freundin nicht hinterher zu rennen. Da war eine Angst ganz tief in ihr drin, dass sie Bärlinde nie wieder sehen würde. Noch einmal sah sie zum Ende der Schlucht hinunter. Langsam erhob sie sich und drehte sich um, sie sah in die fragenden Augen von Maria. Doch wie sollte sie ein Gefühl beschreiben?

Stumm ging sie zurück zur Hütte und nickte nur der Freundin zu, die in der offenen Tür stand und ebenfalls die Schlucht hinab sah. In dem Moment kam ein Windstoß, der den Baum neben dem Eingang der Hütte so sehr in Bewegung setzte, dass man denken konnte, er schüttelt seinen Kopf. Das Rauschen der Blätter klang wie ein Klagen und die beiden Frauen gingen schnell hinein. Als sich die Tür schloss legte sich der Wind augenblicklich wieder. War auch dies ein Zeichen gewesen? Karola schaute Maria fragend an und die zuckte nur mit den Schultern. Sie hätte jetzt nicht draußen im Wald sein wollen und vielleicht, wenn Bärlinde später hätte gehen wollen, hätte der Wind sie vielleicht aufgehalten.

Bärlinde ging durch den Wald und folgte dem altbekannten Weg. Seit Jahren lebte sie hier und doch kam es ihr wieder unheimlich vor, wenn sie sich auf diesem Weg dem heimatlichen Dorf näherte. Immer wieder hatte sie dieses ungute Gefühl gehabt und das war sicher auch der Grund, warum sie als ausgestoßene, fern von den Menschen, hier im Wald lebte. Die altbekannten Bäume säumten ihren Weg an der Schlucht entlang und danach folgte sie einem kleinen Bach.

Heute schien es ihr besonders bedrohlich und sie hatte keine Ahnung, was der Wald ihr damit sagen wollte. Wo sie doch sonst immer ihr Gefühl als Führer hatte, versagte es heute völlig. Sie zwang sich vorwärts, denn diese Frau brauchte ihre Hilfe. Schon bald stand sie am Waldrand, das letzte Stück wollte sie auf dem Weg gehen und die Dämmerung brach langsam über ihr herein. Am Himmel sah sie einen Schweifstern und blieb stehen. War das nicht immer ein schlechtes Zeichen gewesen? Am liebsten wäre sie jetzt wieder zurückgegangen, doch sie dachte wieder an Gundel, die ihre Hilfe brauchte.

Die letzten Schritte ging sie sehr bedacht, dann klopfte sie an der Tür an. Ein älterer Mann öffnete ihr und im Hintergrund hörte sie die Frau in die Wehen hinein stöhnen. Schnell ging sie zu Gundel und versuchte alles, was sie konnte. Immer wieder dachte sie an den fallenden Stern.

21. Kapitel

Verfolgungen und Rettung

Die junge Frau rannte durch den Wald, so schnell sie konnte. Sie kannte den Weg, durch das Dickicht hin zu der kleinen Hütte, sehr gut. Schon oft hatte sie die Tante dort besucht, damit sie ihr helfen konnte, doch diesmal musste sie der Tante helfen. Wie, das wusste sie noch nicht, nur dass sie in die Hütte rennen musste. Völlig außer Atem hetzte sie die Schlucht hinauf und rutschte an der Kante auf einem glatten Stein aus. Mit einem Schrei fiel sie nach vorn und konnte sich gerade noch mit den Händen abfangen.

Maria hatte den Schrei gehört und lief aus der Hütte. Direkt vor ihr, nur einen Steinwurf entfernt, sah sie Gisela, die junge Nichte von Bärlinde, im Gras liegen. Diese rappelte sich gerade mühsam wieder auf und torkelte mit aufgeschlagenem Knie zu der Hütte. „Was ist los?" rief Maria der Frau zu und Karola kam ebenfalls aus der Hütte nach draußen. Nach Luft ringend stand Gisela vor der Hütte und bekam kein Wort heraus. Maria band schnell ein Tuch um das blutende Bein.

Karola ging kurz in die Hütte und holte einen Becher Wasser, den sie der jungen Frau gab. Nach einem Schluck begann sie zu erzählen „Meine Tante wurde gefangen. Das Kind, bei dessen Geburt sie helfen wollte, ist tot zur Welt gekommen und da wurde sie beschuldigt, es getötet zu haben. Der Dorfmeier hat sie der Hexerei bezichtigt und in Haft genommen. Morgen bei Sonnenaufgang soll sie eine Wasserprobe ablegen und wenn sie schuldig ist, so wird sie sterben." Karola und Maria schauten sich entsetzt an.

„Eine Wasserprobe!" entfuhr es Maria. Beide wussten, was das hieß. Die Freundin würde mit gefesselten Händen und Füßen ins Wasser geworfen werden. Ging sie unter, war sie unschuldig und ertrank. Schwamm sie oben, war sie eine Hexe und wurde danach hingerichtet. Es gab keine Chance das Ganze zu überleben. „Wir müssen sie retten!" sagte Karola. Zu Gisela gewandt sagte sie „Pass auf unsere Kinder auf." dann lief sie in die Hütte und kam kurz darauf mit einem Beutel zurück. „Los jetzt!" rief sie Maria zu und die beiden Frauen rannten durch den dichten Wald dem Dorf entgegen.

Als sie an der Hütte losgelaufen waren, hatte die Sonne ihren höchsten Punkt gerade überschritten und bei Einbruch der Dämmerung waren sie völlig außer Atem am Waldrand gegenüber des Dorfes angelangt. Für einen Moment ließen sie sich zum Verschnaufen ins Gras fallen. Wenig später fragte Maria die Freundin „Was machen wir?" Karola drehte sich zur freien Fläche und beobachtete im Liegen das Dorf, dessen Häuser im letzten Tageslicht vor ihnen lagen.

Sie dachte nach, löste ihren Beutel vom Gürtel und zog ihn nach vorn. Eine Weile wühlte sie darin herum und nahm dann ein kleines Ledersäckchen heraus. „Ich habe einen Plan!" sagte sie mit einem entschlossenen Gesichtsausdruck.

Mit zusammen gebundenen Händen hing Bärlinde an einer Kette. Das weiße, kurze Hemd war vollkommen zerfetzt und ging ihr nur bis zur Hälfte der Oberschenkel. Immer wieder zog sie ein Mann nach oben, bis ihre Füße den Boden verließen, nur um sie kurz darauf wieder fallen zu lassen. Immer wieder riss er dadurch ihre Arme hinter ihrem Körper nach oben und sie konnte schon nicht mehr schreien. Jedes Mal knackte es in ihrer Schulter. Das Blut von ihrem Rücken hatte ihr Hemd durchtränkt und war an ihren Beinen herab gelaufen. Durch das Strecken rissen die Wunden der Peitsche immer wieder auf. Am Morgen, also vor unendlichen Stunden, war sie ausgepeitscht worden. Nun hing sie hier, aber niemand hatte sie befragt. Es hatte den Männern einfach nur Spaß gemacht, sie zu quälen.

Wieder hingen ihre nackten Füße in der Luft. Nur wenig Abstand zum Boden blieb, aber so sehr sie sich streckte, ihre Zehen blieben in der Luft. Sie verlor das Bewusstsein und eine erlösende Schwärze umgab sie, aus der sie ein kalter Guss Wasser wieder herausholte. Sie wurde vom Haken abgemacht und die Fesseln an den Händen wurden gelöst. Nur kurz konnte sie stehend verschnaufen, dann versagten ihre Beine und sie brach erschöpft zusammen. Zwei Männer ergriffen sie an Händen und Füßen und schleppten sie einen dunklen Gang entlang. Unsanft landete die Frau auf dem steinernen Fußboden einer vergitterten Zelle.

Einer der Männer rief „Morgen wirst du sterben. Aber ich verspreche dir ein christliches Begräbnis, falls du die Wasserprobe bestehst. Anderenfalls werde ich deine Asche in alle Winde verstreuen." lachend verließen die Männer den Gang und nun kehrte Ruhe ein. Sie spürte jeden Knochen in ihrem Leib, alles tat ihr weh. Sie drehte sich auf den Bauch, damit sie nicht auf ihrem zerschundenen Rücken liegen musste. Noch war sie weder angeklagt noch verurteilt worden und doch wusste sie, dass sie am nächsten Tag sterben würde. Im Moment war ihr das egal, wenn nur die Schmerzen endlich aufhören würden. Vor Erschöpfung schlief sie schließlich entkräftet ein.

Die Frau hatte einen kurzen Rock an, der nur bis oberhalb der Knie ging. Ein großer Krug mit Wein zog ihr die Arme nach unten. Mühsam schleppte sie das riesige Behältnis über den freien Platz zu dem Haus hinüber. Ein Mann stoppte sie mit dem Ruf „Bleib stehen! Hier kommst du nicht durch!" er zog sein Schwert und richtete die Spitze der Waffe auf die Brust der Frau. Sie stellte den Krug auf den

Boden und strich sich durch ihr langes Haar. Mit einem unschuldigen Gesichtsausdruck sagte sie „Der Dorfmeier schickt euch diesen Krug." sie schlug die Augen nieder und wusste für einen Moment nicht, wohin mit ihren Händen. Zumindest tat sie so.

Der Mann steckte das Schwert weg und rief seine Kameraden zu sich. Zwei Männer holten den Krug nach drinnen und die Frau hörte wie die Männer in dem Raum anstießen. Sie stand immer noch mit dem Wachposten vor der Hütte und tänzelte von einem Fuß auf den anderen. Dann spielte sie am Saum ihres ausgefransten Rockes. Aus dem Inneren der Hütte hörte man die Männer sich zuprosten. Der Posten kam dichter auf sie zu und sie wich langsam vor ihm zurück.

Wenig später stand sie mit dem Rücken an einer Wand und konnte nicht mehr weiter zurück. Mit einem schnellen Schritt ging der Mann auf sie zu und versuchte sie zu küssen. Mit einem „Ratsch" zerriss er den Rock der Frau und kurz darauf fiel der Mann, von einem Schlag auf den Kopf niedergestreckt, vor ihre Füße. Die zweite Frau, Maria war es, die hinter den Mann getreten war, ließ den dicken Knüppel sinken. Die beiden Frauen nickten sich zu. Karola legte ihren zerrissenen Rock wieder um, den sie aus den Händen des liegenden Mannes gelöst hatte.

Schnell fesselten sie den Mann und lauschten auf die Anderen, die immer leiser wurden. Sie warteten einen Moment, nachdem die Männer verstummt waren, dann gingen sie hinein und fesselten die vom Wein betäubten Wachen. Vorsichtig schlichen die beiden Frauen weiter. Karola ging voran und Maria folgte ein paar Schritte hinter ihr, den Knüppel zum Schlag erhoben. „Halt!" rief es von vorn. Ein Mann mit einer Fackel stand im Gang und zog sein Schwert.

Maria drückte sich in das Dunkel des Ganges, während Karola mit ihren langen Haaren spielte und so unschuldig schaute, wie nur irgend möglich. Dass sie hier im Kerker war und eigentlich hier nichts zu suchen hatte, hatte der Mann im Moment vergessen und gegen eine Frau mit nackten Knien und unbedeckten Schultern fühlte er sich wohl überlegen. Er ließ das Schwert sinken und trat auf sie zu. Karola lehnte sich an die Wand und er trat vor sie hin.

Auf diesen Moment hatte Maria nur gewartet. Der Mann stand mit der Seite zu ihr und so konnte sie ihn mit einer schnellen Bewegung und einem Schlag auf den Kopf niederstrecken. Klirrend fiel das Schwert zu Boden. Karola löste einen Schlüssel vom Gürtel des Mannes, den Maria schnell fesselte. Mit der Fackel und dem Schlüssel liefen sie den Gang entlang und standen kurz darauf vor dem Gitter. Mit einem Kratzen drehte sich der Schlüssel im Schloss und mit einem Schnappen gab das Schloss den Weg frei. Die beiden Frauen zogen Bärlinde, die bei der Bewegung vor Schmerzen aufschrie, auf die Füße. „Raus hier!" stöhnte sie und zu dritt eilten sie aus dem Haus nach draußen.

Im hellen Mondlicht erreichten sie den Waldrand, wo Karola zuerst Bärlindes Wunden verband. Gemeinsam, sich gegenseitig stützend, mit Bärlinde in der Mitte, gingen sie in den Wald hinein.

22. Kapitel

Drei Frauen im Wald

Sie kamen viel zu langsam voran. Der Mond schickte sein silbernes Licht bis zu ihnen auf den Waldboden. Nur so konnten sie überhaupt nachts laufen, aber die Flucht würde sicher bald festgestellt werden. Mit der schwerverletzten Bärlinde mussten sie auf den Wegen bleiben und das würde den Verfolgern sicher helfen. „Werden wir so die Männer vielleicht zu unserer Hütte locken? Und gefährden wir damit nicht das Leben unserer Kinder?" fragte sich Karola in Gedanken.

Immer weiter folgten sie dem kleinen Pfad durch den Wald. Der Weg war gerade mal so breit, dass die drei Frauen nebeneinander laufen konnten, aber ab und zu mussten sie auch seitlich gehen, wenn sie an eine Stelle kamen, wo die Bäume etwas dichter standen. „Wie lange werden wir so unterwegs sein?" dachte sich Karola immer wieder und schaute in das, vom Mondlicht angestrahlte, schmerzerfüllte Gesicht der Freundin an ihrer Seite. Sie waren gerade noch rechtzeitig gekommen und der erste Teil des Planes hatte funktioniert, aber das die Freundin so schwer verletzt war, damit hatte Karola bei der Planung nicht gerechnet.

Noch war Bärlinde auch nicht angeklagt gewesen und bis zur Wasserprobe ließ man die Angeklagten für gewöhnlich in Ruhe. Aber bci Bärlinde war es anders gewesen. Vermutlich hatte der Dorfmeier schon lange ein Problem mit der starken Frau gehabt, vielleicht hatte er so ihren Willen brechen und sie demütigen wollen. Anders konnte es gar nicht sein. Wieder stöhnte Bärlinde auf, als sie über eine Wurzel stolperte. Immer weiter trieben die Gedanken in Karolas Kopf sie voran. Ein neuer Plan musste her und zwar schnell!

Nicht eine Waffe hatten sie zu ihrer Verteidigung mitgenommen, ärgerte sich Karola. Alles lag in der Hütte. Aber wie da heran gelangen? In dem Tempo, wie sie jetzt gerade liefen, würden sie nicht vor dem Mittag in ihrer Behausung sein. Karola blieb stehen und fragte „Kannst du Bärlinde auch alleine tragen?" Maria nickte und nahm die stöhnende Freundin auf die Schulter. Ohne ein weiteres Wort verschwand Karola in der Dunkelheit. Da sie sich den Rock abgerissen hatte, um die Männer zu verwirren, konnte sie nun, mit freien Beinen, besonders schnell laufen.

Maria hatte nicht gefragt, was die Freundin vorhatte. Mit der verletzten Freundin, die vor Schmerzen wimmerte, auf der Schulter, ging sie durch den Wald. Es war sicher nicht mehr viel Zeit bis zum Sonnenaufgang und sie wollte so schnell wie möglich weiter. An einem Bach machten sie eine kurze Rast, damit Bärlinde etwas trinken und ihre Wunden auswaschen konnte. Sie half ihr und der Mond ging unter, das erste Sonnenlicht beleuchtete ihren weiteren Weg durch den Wald, als sie wieder aufbrachen.

Sie hatte sich einen Ast abgebrochen, auf den sie sich stützte, während sie mit der anderen Hand die Freundin hielt. Irgendwo weit hinter sich hörte sie einen Hund bellen und fragte sich, ob es einer in einem Dorf war, oder die Verfolger schon auf ihrer Spur waren. Instinktiv ging sie schneller und versuchte sich nun, da es schon hell war, auch abseits der Wege durch den Wald zu schlagen. Die dort liegenden Hecken ließen sie aber noch viel langsamer vorwärts kommen.

Das Bellen des Hundes kam immer näher und damit auch die Verfolger, die die Flucht der Frau nicht hinnehmen wollten. Wie ein gehetztes Reh lief Maria, mit Bärlinde, die sie sich wie einen Mehlsack wieder über die Schulter geworfen hatte, durch den Wald und betete dafür, dass Karolas Plan aufging, was immer er auch war. Nun konnte sie schon einzelne Rufe hinter sich hören und es knackte im Unterholz. Das Bellen des Hundes war schon so laut, als ob er unmittelbar hinter ihr war. Hier musste ihre Flucht enden und sie musste sich den Verfolgern stellen. Nur so hatte sie eine Chance sich zu wehren! Maria ließ Bärlinde in das Moos gleiten und lehnte die Freundin mit dem Rücken gegen einen Baum. Diese stöhnte dabei vor Schmerzen auf.

Schnell drehte sich Maria um und erwartete, den Stock quer vor sich in beiden Händen haltend, kampfbereit die Verfolger. Fünf Männer und ein Hund liefen durch den Wald. Das konnte sie schon durch die Bäume sehen. Einer der Männer bemerkte sie und ließ den Hund loslaufen. Ein zotteliger schwarzer Hund mit weißen, langen, spitzen und gefletschten Zähnen sprang mit gewaltigen Sätzen auf sie los. Jeder Muskel in dem Körper der Frau spannte sich an, um den Kampf zu führen.

Nur noch wenige Armlängen trennten Frau und Hund, als das Tier zum Sprung ansetzte, um die Frau zu zerfleischen. Maria hielt den Atem an und holte zum Schlag aus. Ein Zischen zerschnitt die Luft und das Tier fiel mitten aus dem Sprung jaulend zu Boden. Ein zweites Zischen und einer der Männer fiel von einem Pfeil getroffen rückwärts gegen einen Baum. Einer der Verfolger holte einen Pfeil hervor und legte an. Karolas und sein Pfeil verließen zeitgleich die Bögen und berührten sich fast in der Luft.

Während Karola in der Schulter getroffen wurde, traf ihr Pfeil den Mann in die Brust. Mit einem Schrei fiel er nach hinten um. So blieben noch zwei, mit Schwertern bewaffnete, Männer gegen Maria übrig. Die Frau stürzte mit einem Schrei auf die Beiden los und schlug mit dem Stock um sich. Im Wald hatte sie lange geübt, so zu kämpfen, und so hatten die beiden Männer trotz ihrer Schwerter keine

Chance gegen die kräftige Frau. Mit mehreren gezielten Schlägen setzte sie die Beiden außer Gefecht. Dann fesselte sie die Männer und eilte zu Bärlinde zurück, die immer noch am Baum saß.

Neben der Freundin hockte Karola im Moos und versuchte sich den Pfeil aus der Schulter zu ziehen. Maria half ihr und mit einem Ruck hatte sie das Geschoß heraus. Karola schrie auf, hielt sich die Wunde zu und versuchte so die Blutung zu stoppen, was ihr mit der einen Hand nicht richtig gut gelang. Langsam tropfte das Blut zwischen ihren Fingern hindurch und sie presste die Hand so fest auf den Arm, dass ihre Finger von der Anstrengung weiß wurden. Sie biss die Zähne zusammen und schaute die Freundin an. Maria sagte „Wir haben sie allen erwischt!", dann riss sie einen Streifen von Karolas, nun vollkommen zerfetzten, Rock ab und verband schnell die Wunde.

Nach ein paar Augenblicken der Ruhe brachen die drei Frauen wieder auf. Maria hatte Bärlinde auf der Schulter und stützte Karola. So schleppten sie sich zu dritt zu ihrer Hütte. Diesmal auf dem direkten Weg, wo sie schon von den anderen dreien erwartet wurden.

23. Kapitel

Gemeinsam alt werden?

Der Winter war vorbei. Es wurde langsam wieder etwas wärmer im Wald. Die ganze letzte Zeit hatten sie zu sechst in der kleinen Hütte gelebt. Die drei Frauen, Bärlindes Nichte Gisela, die nicht in ihr Dorf zurückgekehrt war, und die beiden Kinder. Alle zusammen auf einem Platz von fünf mal fünf Schritten. Dass man sich da auch mal gegenseitig in die Haare bekam, vor allem im tiefsten Winter, als sie eingeschneit waren und für vier Wochen die Tür der Hütte nicht auf bekamen, war dabei normal.

Karola griff dann immer schlichtend ein und half wo immer es möglich war. Sie hatte in der Zeit auch aus dem Buch vorgelesen. Jetzt, da es wärmer wurde, beschlossen sie alle zusammen ein weiteres, größeres Haus neben das alte zu bauen. Gemeinsam zogen sie los und schlugen Holz im Wald. Unter Marias Leitung schleppten sie die Baumstämme auf die kleine Lichtung. Sie gruben das Haus halb in die Erde ein und bauten es von Anfang an doppelt so groß wie das alte.

Rings um die Frauen herum begannen die Bäume das erste Grün zu bekommen. Es sah nicht mehr so kahl und trostlos aus, wie im Winter. Natürlich war es eher ein verregneter Frühling, aber das waren sie ja gewohnt. Solange sie sich zurückerinnern konnten, waren die Sommer kalt gewesen. Nur ganz weit zurück hatte Karola noch die Erinnerung an die Sonne. Damals in einem besonders warmen Jahr, hatte sie im Frühling im warmen Wasser eines Baches gebadet. Jetzt war es selbst im Sommer oft zu kalt zum Baden.

Die Großmutter hatte ihr mal erzählt, dass es einst eine Zeit des Überflusses gegeben hatte. Ein jeder war satt geworden und man hatte schon im April durch die warmen, sonnenüberfluteten Wiesen laufen können. Die Ernte war in jedem Jahr so groß gewesen, dass alle Menschen überlebt hatten, doch dann hatte irgendetwas oder irgendjemand den Zorn Gottes auf sich gezogen. In einem Jahr war es gar nicht richtig hell geworden und seit dieser Zeit herrschte Not und Hunger. Sie hier im Wald hatten es da etwas besser, da sie hier alles fanden, aber die Menschen außerhalb des Waldes, in den Dörfern, hatten ihre Not. Daher kamen sicher auch die Hexenverfolgungen. Man brauchte ja einen Schuldigen!

Ein falsches Wort oder eine falsche Handlung konnte, so wie fast bei Bärlinde geschehen, den Tod bedeuten. Ein einzelnes Menschenleben zählte nichts und oft dachte Karola an den Vater zurück oder an den Mann von Maria, den sie aus den Erzählungen der Freundin kannte. Hier hatten sie es schon gut getroffen. Wann immer es ging machte sich Bärlinde nun auf den Weg, die ersten Kräuter zu finden. Immer wenn sie mit Maria unterwegs war, um einen neuen Baum zu holen, schaute sie sich gut um, was es an der jeweiligen Stelle schon gab.

Nach zwei Wochen standen die Hütten um einen kleinen freien Platz auf der Lichtung mitten im Wald. Im Herbst hatte sich Maria noch in den Dörfern der Umgebung umgehört. Da wurden die schauerlichsten Geschichten über Bärlindes Flucht erzählt. Von den fünf bewaffneten Männern, die am helllichten Tag in den Wald gingen und von denen seit dem jede Spur fehlte. Nur der Hund war nach drei Tagen blutend, hinkend und völlig verdreckt aus dem Wald gekommen.

Man erzählte von einer fliegenden Frau und von Teufelswerk. Daran hatte natürlich auch die Wirkung der Kräuter einen Anteil, die Karola zur Betäubung der Wachen in den Wein gemischt hatte und die diese schrecklichen Bilder in den Köpfen der Männer erzeugt hatten. Traum und Realität hatten sich vermischt. Und überhaupt! Konnte eine einzelne, halbtote Frau denn einfach so aus einem Gefängnis fliehen, ohne dass ihr der Teufel geholfen hatte? Die Wachen konnten sich so etwas nur durch Hexerei erklären. Jeder dichtete noch ein Stück dazu und machte die Geschichte immer nur noch schauerlicher.

Für die Frauen aus den Dörfern war Bärlinde eine geheim gehaltene Heldin geworden, zumindest für die meisten von ihnen. Für alle andere war sie einfach eine Hexe. Damit konnte sich Bärlinde aber nun nicht mehr in den Häusern rings um den Wald sehen lassen. Sie wäre sicher sofort im Feuer verbrannt worden. Niemand von den Männern wollte sich mit dem Teufel einlassen. So übernahm nun Karola diesen Teil der Aufgaben. Mit einem großen, hölzernen Kreuz um den Hals, dass jeder sehen konnte, und den Lehren der Nonne Hildegard half sie mit der Kraft Gottes und der Kräuter, die Bärlinde im Wald sammelte.

Bald schon errichteten sie eine dritte Hütte als Kräutertrockenhaus und eine vierte als eine Art Anlaufstelle für die Frauen aus den Dörfern, die sich noch in den Wald trauten, oder den Geschichten keinen Glauben schenkten. An manchen Tagen herrschte ein reges Kommen und Gehen auf der Waldlichtung und nur die Teufelsgeschichte hielt die Männer davon ab, in den Wald zu gehen, um die Frauen da wieder heraus zu hohlen. Mit dem Teufel Spaßt man nicht!

Eine kleine Siedlung war im Wald entstanden als es wieder auf den Winter zuging. Die Bewohner hatten beschlossen für immer hier zu bleiben. Aber wer welche Hütte bewohnen sollte, darüber hatten sie sich in der ganzen Zeit noch gar keine Gedanken gemacht. So setzten sie sich am Ende des Herbstes auf den freien Platz zwischen die Hütten und sahen sich um. Alleine wollte keiner in der jeweiligen Hütte leben. Was wäre, wenn man wieder nicht heraus kam und so vielleicht vier Wochen alleine sein müsste, nur ein paar Schritt von den anderen entfernt und doch so weit, als ob diese auf dem Mond wohnen würden.

Es entbrannte eine heiße Diskussion, bei der die beiden Kinder und Gisela nur kopfschüttelnd am Rande saßen und zuschauten, wie sich die Erwachsenen über Nichtigkeiten beinahe in die Haare gingen. Schließlich war es Uta die mit dem Vorschlag „Warum wohnen wir nicht alle in der großen Hütte?" die Erwachsenen stoppte, bevor noch etwas Schlimmes passieren konnte. Maria, Karola und Bärlinde sahen sich ein paar Augenblicke schweigend an, bevor sie loslachten und beschlossen, dass Nichts und niemand sie jemals wieder trennen sollte. Gemeinsam zogen sie in die Hütte ein und nutzten die alte, kleinere als Holzlager und Vorratshaus. Zum Glück hatten sie das neue Haus groß genug gemacht und der Abstand zwischen den beiden Häusern war nicht so groß, dass man ihn mit vereinten Kräften nicht zum Holz hohlen freischaufeln konnte.

Hier wollten sie alle gemeinsam alt werden.

24. Kapitel

Ein Leben ohne Kloster

Es waren ein paar Jahre vergangen, in denen sie im Wald gelebt hatten. Uta war mittlerweile zwölf Jahre alt und damit in dem Alter, in dem ihre Mutter damals in das Kloster gekommen war. Immer wenn sie Karola auf ihren Gängen außerhalb des Waldes begleitete, konnte sie das Kloster sehen oder die Glocken hören. Manchmal schaute sie dann die Mutter an und fragte sich, ob sie das Ganze, das ihr die Mutter beibrachte, auch im Kloster lernen könne.

Karola hatte vermutlich dieselben Gedanken, denn sie sprach die Tochter an einem Morgen an, als sie wieder die Glocken des Klosters hörten. „Alles was du dort lernen könntest, kannst du auch von mir lernen und sogar besser noch." Uta lauschte dem fernen Geräusch und nickte dann. Oft hatte die Mutter vom Kloster erzählt und in ihren Erzählungen war alles so schön gewesen. Die warme Stube, die große Kirche, die schlimmen Sachen hatte sie schon lange vergessen, nur die guten Dinge hatten sich in ihren Gedanken und Erinnerungen festgesetzt.

Wenn sie die Glocke hörte, welche die Nonnen zum Gebet rief, dachte sie noch an die Schwestern und die hohen Frauen im Stift zurück. Sie dachte dann an die Mägde, das Hospital, den Kräutergarten, die Äbtissin und natürlich dachte sie auch an Hans, dessen Augen sie jedes Mal sah, wenn sie ihre Tochter anschaute. An all das erinnerte sie die Glocke des Klosters, die man manchmal, an windstillen Tagen, sogar tief im Wald hören konnte. Sie war froh hier und frei zu sein.

Auch Maria ging es ähnlich. In dem mehr als einen Dutzend Jahren hier als freie Frau hatte sie die schlimmen Momente ihrer Ehe fast vergessen. Nur die gebrochene Nase erinnerte sie, jedes Mal wenn sie ihr Spiegelbild im Wasser sah, an diese dunkle Zeit. Manchmal setzte sie sich in das Gras vor der Hütte und schaute ihrem Sohn zu, der als einziger Mann unter den Frauen lebte, doch Marias Erziehung sorgte dafür, dass er sich nicht wie jeder andere Junge den Frauen gegenüber verhielt.

Wenn sie mal wieder in einem der Dörfer war, konnte sie sehen, was sie hier für ein Glück hatten, dass sie so leben konnten, wie sie es sich selbst gewählt hatten. Sie mussten sich nur gegenseitig abstimmen und einig werden. Bärlinde trat aus der Kräuterhütte und lehnte sich gegen den Türrahmen. Sie schaute nach oben zum grauen Himmel, der wieder einen feuchten Sommer und damit eine schlechte Ernte für den Herbst versprach. Würde das denn niemals enden?

Sie schüttelte den Kopf und ging zu Maria hinüber. Neben der Freundin ließ sie sich der Länge nach bäuchlings ins Gras fallen und betrachtete so, den Kopf in die Hände gestützt, liegend, die verschiedenen Grassorten, die neben der Hütte wuchsen. Am anderen Ende der Lichtung trat Karola mit Uta aus dem Wald und winkte den anderen beiden zu. Uta lief zu Andreas und die Mutter setzte sich zu den beiden anderen Frauen.

„Wir sind schon eine verschworene Gemeinschaft. Nur ohne einen Mann." sagte Bärlinde und kaute nachdenklich auf einem Grashalm herum, während sie auf die beiden spielenden Kinder schaute. Uta kam herüber gelaufen und setzte sich zu ihrer Mutter. „Wir können doch alles, was ein Mann auch kann." sagte Maria zu Bärlinde. „Nein, wir können mehr als sie." erwiderte Karola und strich mit der Hand über den Kopf ihrer Tochter.

Bärlinde setzte sich auf und stützte ihren Kopf in die Hände, die Ellenbogen auf die Knie gestützt. Die drei Frauen saßen auf der Lichtung. Vor vielen Jahren hatte eine jede von ihnen einen eigenen Weg begonnen, der sie hier her zusammen geführt hatte, damit sie ihre Wege gemeinsam weiter gehen. Als starke Gemeinschaft von Frauen in einer Zeit, in der Frauen nicht viel zu sagen hatten.

Hier im Wald waren sie Frei.

ENDE

Zeitliche Einordnung der Handlung:

5800 Steinzeit

Anfang des Buches „**Schicha und der Clan des Bären**"

Ende des Buches „**Schicha und der Clan des Bären**"

5500 Steinzeit

400 --

387 Die Kelten fallen in Rom ein

300 --

218 Der karthagische Feldherr Hannibal überquert die Alpen

200 --

100 --

73 Flucht von Spartacus aus der Gladiatorenschule in Capua

71 Tod von Spartacus und Ende des Sklavenaufstandes

55 Expedition Caesars nach Britannien

44, 15. März, Kaiser Caesar wird in Rom ermordet

0 --

9 Niederlage des Feldherrn Varus gegen die Cherusker unter Arminius

34 Anfang des Buches „**Das Schwert des Gladiators**"

43 Beginn der Eroberung Südbritanniens

54 Nero wird römischer Kaiser

54 Anfang des Buches „**Die römische Münze**"

56 Ende des Buches „**Das Schwert des Gladiators**"

64 Brand Roms und daraufhin schwere Christenverfolgung

68 Aufstände in Gallien und Spanien

68 Selbstmord Kaiser Neros

75 Ende des Buches **„Die römische Münze"**

79, 24. August, Ausbruch des Vesuvs und Untergang Pompejis

80 Einweihung des Kolosseums in Rom

98 Trajan wird römischer Kaiser

100 --

161 Marc Aurel wird römischer Kaiser

200 --

300 --

306 Konstantin der Große wir römischer Kaiser

324 Konstantin bekennt sich zum Christentum und macht dieses zur Staatsreligion

400 --

700 --

764 Anfang des Buches **„In den finsteren Wäldern Sachsens"**

772, im Sommer, Zerstörung der Irminsul

772 Anfang der Sachsenkriege Karls des Großen

782 Blutgericht von Verden (Aller)

783, im Sommer, Gefechte mit Beteiligung sächsischer Frauen

785 Taufe Widukinds in der Königspfalz Attigny

792 letzte größere Erhebungen der Sachsen gegen die Franken

792 Zwangsdeportationen der Sachsen und Neuvergabe von sächsischem Land an Franken

796 Karls Belehrung durch seinen Berater Alkuin

797 wurden mit dem Capitulare Saxonicum die Sondergesetze gegen die Sachsen gelockert

800 --

800 Kaiserkrönung Karls

802 wurde das sächsische Volksrecht (Lex Saxonum) verabschiedet

802 Ende des Buches „**In den finsteren Wäldern Sachsens**"

804 Ende der Sachsenkriege

889 Wanzleben wird erstmals erwähnt, als Haufendorf

900 --

913 Herzog Heinrich von Sachsen stellt ein Ungarisches Heer bei Merseburg

926 Heinrich handelt mit den Ungarn einen zehnjährigen Waffenstillstand für Sachsen aus

937 Otto I. der Große, gründete das St.-Mauritius-Kloster in Magdeburg

938 die Ungarn ziehen erneut gegen die Sachsen

952 Anfang des Buches „**Der Gefolgsmann des Königs**"

955, am 10. August, Schlacht gegen die Ungarn auf dem Lechfeld bei Augsburg

955 Otto beginnt einen großen Neubau des Doms zu Magdeburg.

962, 2. Februar, Krönung Ottos zum Kaiser

968 Anfang des Baues der Burg Wanzleben

980 Ende des Buches „**Der Gefolgsmann des Königs**"

1000 –

1100 --

1142 Heinrich der Löwe wird Herzog von Sachsen

1143 Gründung Lübecks, der ersten deutschen Ostseestadt

1147 Anfang des Buches „**Im Zeichen des Löwen**"

1147 Wendenkreuzzug, dauert als Kreuzzug drei Monate

1152 Königskrönung von Friedrich Barbarossa in Aachen

1155 Kaiserkrönung Friedrich Barbarossas in Rom

1156 Besiedlungszug in Lommatsch

1157 Gründung des deutschen Kaufmannsbundes

1159 Wiederaufbau Lübecks

1160 Anfang des Buches „**Kaperfahrt gegen die Hanse**"

1160 der slawische Burgwall Dobin, liegt am heutigen Schweriner See, wird zerstört

1160 Lübeck erhält das Soester Stadtrecht

1160 Gründung der Kaufmannshanse

1161 Vermittlung eines Handelsprivilegs an die Stadt Lübeck durch Heinrich den Löwen

1161 Gründung der Gotländischen Genossenschaft als Vorstufe der Hanse

1162 Kloster Altzella, bei Nossen, wird gegründet

1163 Ende des Buches **„Im Zeichen des Löwen"**

1180 Heinrich verliert das Herzogtum Sachsen

1200 –

1200 Gründung des Petershofes in Novgorod als Außenstelle der Hanse

1200 Ende des Buches **„Kaperfahrt gegen die Hanse"**

1250 Anfang der Blütezeit der Städtehanse

1300 –

1307, 13. Oktober, Zerschlagung des Templerordens und Verhaftung aller Templer

1315 Beginn einer Hungersnot, die als „Der große Hunger" in zwei Jahren mit sintflutartigen Regenfällen, sehr kalten Wintern und vielen Überschwemmungen Millionen Menschen in Europa dahinraffte

1321 Anfang des Buches **„Frauenwege und Hexenpfade"**

1337 der hundertjährige Krieg zwischen England und Frankreich beginnt

1337 Ende des Buches **„Frauenwege und Hexenpfade"**

1340 der englische König Eduard III. fällt mit seinem Heer in Frankreich ein

1346 in der Schlacht von Crécy schlagen 8.000 englische Langbogenschützen die verbündeten europäischen und französischen Ritter vernichtend

1347 die Beulenpest erreicht die europäischen Häfen am Mittelmeer und breitete sich schnell überall aus

1356 mit der goldenen Bulle wird erstmalig festgeschrieben, dass der deutsche König durch Mehrheitswahl von sieben Kurfürsten bestimmt wird

1400 --

1500 --

1517 Anfang des Buches „**Die Bruderschaft des Regenbogens**"

1517, 31. Oktober, Luther verkündet seine Thesen in Wittenberg

1518 Münzer und Luther sind in Wittenberg

1520 Münzer in Zwickau

1522 Neues Testament erscheint auf Deutsch

1523, zu Ostern, Katharina von Boras Flucht aus dem Kloster

1524 Bauern- und Handwerkeraufstände in Sachsen

1525, 15. Mai, Schlacht bei Bad Frankenhausen

1525, 27. Mai, Münzer wird in Mühlhausen enthauptet

1525, 27. Juni, Heirat Luthers mit Katharina von Bora

1525, im Dezember, Kloster Buch wird geschlossen

1526 Niederschlagung der letzten Bauernaufstände

1527 Ende des Buches „**Die Bruderschaft des Regenbogens**"

1530 Reichstag zu Augsburg beschließt Duldung des Evangelischen Glaubens

1534 Gesamte Bibel auf Deutsch

1600 –

1618, 23. Mai, Fenstersturz zu Prag

1618 Anfang des dreißigjährigen Krieges

1620, 08. November, Schlacht am Weißen Berg bei Prag

1630 Anfang des Buches „**Im Schein der Hexenfeuer**"

1631 Kriegseintritt Sachsens

1631, 10. Mai, Verwüstung der Stadt Magdeburg durch kaiserliche Truppen

1631 Anfang des Buches „**Die Räubermühle**"

1632 die Pest wütet in Sachsen

1632, 16. November, Schlacht bei Lützen

1634, 25. Februar, Albrecht von Wallenstein wird in Eger ermordet

1634 Ende des Buches „**Die Räubermühle**"

1639 schwedische Truppen brennen Dresden teilweise nieder

1641 nochmalige Zerstörung Dresdens durch die Schweden

1648 Westfälischer Friede

1648, 24. Oktober, Ende des dreißigjährigen Krieges

1650 Ende des Buches **„Im Schein der Hexenfeuer"**

1700 –

1789, 14. Juli, Beginn der französischen Revolution in Paris

1793 Beginn des Interventionskriegs gegen Napoleon, an dem auch Sachsen teilnahm

1794 die Gesellen streiken in Dresden

1796 der Interventionskrieg endet mit einer Niederlage für die preußischen, österreichischen und sächsischen Verbündeten.

1800 --

1800 Anfang des Buches **„Der russische Dolch"**

1806 Preußen und Russland verbünden sich gegen Napoleon. Sachsen schließt sich an

1806 Krieg der Verbündeten gegen Napoleon

1806, 14. Oktober, Schlacht bei Jena und Auerstedt, die Verbündeten werden von Napoleon vernichtend geschlagen.

1806, 20. Dezember, das Kurfürstentum Sachsen tritt dem Rheinbund bei und wird durch Napoleon zum Königreich

1812 von Sachsen aus beginnt der Feldzug gegen Russland. Sachsen ist mit 21.000 Mann daran beteiligt

1812, 23. Juni, Napoleon überquert mit seinem Heer die Mehmel

1812, 17. August, Schlacht um Smolensk

1812, 7. September, Schlacht von Borodino

1812, 14. September, Napoleon rückt in Moskau ein

1812, 13. Oktober, Napoleon beschließt den Rückzug

1812, 3. November, Schlacht bei Wjasma.

1812, 26. bis 28. November, Schlacht an der Beresina

1812, 14. Dezember, Kaiser Napoleon macht, seinen Truppen auf dem Rückzug aus Russland vorauseilend, in Dresden Station.

1813, 2. Mai, Schlacht bei Großgörschen, Sieg Napoleons gegen Russen und Preußen

1813, 20. und 21. Mai, Schlacht bei Bautzen, weiterer Sieg Napoleons gegen Russen und Preußen

1813, 26. und 27. August, Schlacht bei Dresden, Napoleon errang seinen letzten Sieg auf deutschem Boden.

1813, 16. bis 19. Oktober, Die Völkerschlacht bei Leipzig brachte Napoleon eine verheerende Niederlage. Die sächsischen Truppen liefen zu den russischen und preußischen Truppen über

1813, 11. November, Die belagerte Festungsstadt Dresden kapituliert

1815, 18. Juni, Schlacht bei Waterloo

1815 Ende des Buches **„Der russische Dolch"**

1900 --

Von Uwe Goeritz ebenfalls beim Verlag BoD erschienen (BoD – Books on Demand, Norderstedt, nähere Informationen finden Sie unter www.BoD.de)

„Schicha und der Clan des Bären"
die ISBN lautet 978-3-7386-0262-3

„Diese Geschichte spielt in der Steinzeit, als unsere Vorfahren dazu übergingen sesshaft an einem Platz zu leben. Es war der Beginn der Siedlungen, von Viehhaltung und gezieltem Anbau von Pflanzen. Die Schwierigkeiten der ersten Siedler und die Gefahren in ihrer Umwelt werden deutlich gemacht."

108 Seiten für 7,90 Euro

„In den finsteren Wäldern Sachsens"
die ISBN lautet 978-3-7357-7982-3

„Diese Geschichte spielt von 764 bis 802 in den Völkern der Sachsen und Franken. Matthias, ein Franke, und Thorsten, ein Sachse, haben beide ihre Familien in den Sachsenkriegen verloren. Nach kämpfen gegeneinander werden sie Freunde und müssen sich den täglichen Anforderungen des Lebens stellen. Im Kontext des Krieges von Karl dem Großen gegen die Sachsen muss sich ihre Freundschaft bewähren wenn Frieden zwischen den Völkern herrschen soll."

108 Seiten für 7,90 Euro

„Der Gefolgsmann des Königs"
die ISBN lautet: 978-3-7357-2281-2

„Die Geschichte spielt um das Jahr 950 im Volke der Sachsen in der Nähe des heutigen Magdeburg. Berthold ist als Oberhaupt nach dem Tod seines Vaters für die Geschicke des Dorfes verantwortlich. Zusammen mit seiner Frau Johanna, seinen Brüdern, seiner Heilkundigen Schwester Edith und den anderen Bewohnern im Dorf bewältigt er die täglichen Herausforderungen des Lebens in einer Zeit in der das Christentum und die Einigkeit des deutschen Volkes noch ganz am Anfang stehen. Als König Otto zum Kampf gegen die Ungarn ruft, werden Berthold und die Seinen auf eine harte Probe gestellt."

116 Seiten für 7,90 Euro

„Im Zeichen des Löwen"
die ISBN lautet: 978-3-7347-5911-6

„Die Geschichte spielt von 1147 bis 1163 im Volke der Sachsen in einem kleinen Dorf. Wolfgang und Heinrich kennen sich seit Kindertagen doch nun ist einer der Herzog und der andere ein Bauer. Kann ihre Freundschaft diese Kluft überbrücken?

Wolfgang erwirbt sich in den vielen Kämpfen das Vertrauen seines Herzogs und darf das Banner mit dem Löwen im Kampf führen doch der Kampf gegen das Volk der Slawen stellt diese Freundschaft auf immer neue Bewährungsproben. Kann Wolfgang, als halber Slawe, den Kampf gegen das Brudervolk mit seinem Gewissen vereinbaren?

Zusammen mit Karl ist er als Oberhaupt für die Geschicke des Dorfes verantwortlich. Mit seiner Frau Gisela, seinen Bruder Siegfried und den anderen Bewohnern im Dorf bewältigt er die täglichen Herausforderungen des Lebens in einer Zeit als aus dem Dorf langsam eine kleine Stadt wird."

116 Seiten für 7,90 Euro

„Kaperfahrt gegen die Hanse"
die ISBN lautet: 978-3-7386-2392-5

„Norddeutschland, Ende des 12 Jahrhunderts. Diese Geschichte handelt von 1160 bis 1200 zu Beginn der Hanse in einem kleinen Dorf an den Ufern der Ostsee. Eine kleine Gruppe von Fischern beginnt einen Kampf gegen die Übermächtig erscheinende Verbindung zwischen Kaufleuten der Hanse und den lokalen Fürsten.

Immer schlimmer werden sie ausgepresst, damit ihr Fürst Handel treiben kann. Unter Ausnutzung des Aberglaubens der Seemänner gelingt es ihnen, einen Teil des erpressten Eigentums zurück zu holen und unter der Bevölkerung zu verteilen.

Wie lange können sie aber der übermächtigen Allianz und der Macht des neuen Städtebundes widerstehen?"

108 Seiten für 7,90 Euro

„Die Bruderschaft des Regenbogens"
die ISBN lautet: 978-3-7386-5136-2

„Sachsen zu Beginn des 16. Jahrhunderts. Als Kind ist Thomas in das Kloster eingetreten, doch im Laufe der Zeit kommt er immer mehr in den Konflikt mit der Kirche. Sein Zusammentreffen mit Müntzer und Luther führt bei ihm auch zu einer inneren Reformnation. Hin- und Hergerissen zwischen den Ansichten dieser beiden Prediger ergreift er Partei für die Bauern, aus deren Stand auch er einst kam. Nach der Niederschlagung der Bauernaufstände muss er sich entscheiden, wie sein Lebensweg weiter gehen soll.

Der Autor verwendet eine Sprache, die im Kontext des historischen Erzählens authentisch wirkt. Die Dialoge sorgen für Lebendigkeit und besondere Nähe zum Geschehen. Bildliche Beschreibungen erschaffen besondere Eindrücke vor dem inneren Auge des Lesers. Der Text richtet sich an ein historisch interessiertes Publikum.

Fazit: Ein weiteres, lesenswertes Abenteuer, das den Leser in die spannende Zeit der Reformation und des Bauernkrieges zum Ende des Mittelalters entführt."

112 Seiten für 7,90 Euro

„Im Schein der Hexenfeuer"
die ISBN lautet: 978-3-7347-7925-1

„Diese Geschichte handelt in den Jahren 1630 bis 1650 in einer kleinen Stadt in Sachsen. Johanna hat in den Wirren des dreißigjährigen Krieges schon zweimal ihre Familie verloren. Als Frau eines Kaufmannes gerät sie in einen Hexenprozess, den sie nur mit viel Glück und der Hilfe ihres Mannes überlebt. Nach diesem Prozess arbeitet sie weiter mit Kräutern und versucht den Menschen zu helfen, so gut sie es kann. Im alltäglichen Leben werden ihre Fähigkeiten immer wieder gefordert und sie muss jeden Tag beweisen, dass sie eine starke Frau ist."

112 Seiten für 7,90 Euro

„Die Räubermühle"
die ISBN lautet: 978-3-8482-0893-7

„Sachsen in den Jahren des dreißigjährigen Krieges. Von 1631 bis 1648 wütete auch in Sachsen der blutigste Krieg, den die Menschheit bis dahin gesehen hatte. Bis zu 80 Prozent der Bevölkerung kamen durch Not, Krankheiten, Hunger, Gewalt und Krieg ums Leben. Ganze Landstriche wurden entvölkert und niedergebrannt. Diese Erinnerungen haben sich tief in das kollektive Unterbewusstsein eingebrannt.

Dies ist die Geschichte von einer kleinen Gruppe Männer, die auf der Flucht aus dem Heer nicht, wie alle anderen, marodierend und raubend umherziehen wollten, sondern die erkannt haben, wem sie helfen wollen und von wem sie es nehmen sollen. Traumatisiert durch die Ereignisse des Sterbens und Tötens wollen sie der Gewalt ein Ende setzen. Doch wie? In einer Zeit der Gewalt kann selbst der friedfertigste nicht ganz auf Gewalt verzichten.

Durch die Nutzung des Aberglaubens der Bevölkerung gelingt es ihnen, unerkannt in einer Mühle Unterschlupf zu finden. In diesem neuen Buch wird der Leser in die Zeit der Umbruches entführt, eine Zeit, in der die Ritter nicht mehr den Ton angeben und ein erstarkendes Volk langsam beginnt, sich auf sich selbst zu besinnen und sein Glück selbst in die Hand nimmt."

112 Seiten für 7,90 Euro

„Der russische Dolch"
die ISBN lautet: 978-3-7412-3828-4

„Sachsen in den Jahren des napoleonischen Krieges in Europa. Diese Geschichte handelt von der Freundschaft zweier Männer in den Jahren 1800 bis 1815. Peter, ein Sachse, und Pjotr, ein Russe, treffen sich in der Kindheit und begegnen sich im großen Krieg Napoleons gegen Russland 1812 wieder.

In diesem Krieg, den Napoleon gegen ein ganzes Volk führte, stehen sie auf unterschiedlichen Seiten der Kämpfe. Ein Sommer und ein Winter, mit einem Krieg, der sich tief in die Erinnerung der europäischen Völker eingebrannt hat. Durch Not, Krankheiten, Hunger, Gewalt und Krieg wurden ganze Landstriche in Russland entvölkert sowie niedergebrannt. Millionen Menschen auf beiden Seiten starben.

Dies ist die Geschichte von einer ungewöhnlichen Freundschaft, die durch den Krieg auf eine harte Probe gestellt wird. Traumatisiert durch die Ereignisse des Sterbens und Tötens versuchen sie beide dennoch Menschen zu bleiben, in einer Zeit, in der ein Menschenleben nicht viel wert war."

116 Seiten für 7,90 Euro

„Das Schwert des Gladiators"
die ISBN lautet: 978-3-7412-9042-8

„Diese Geschichte spielt im Grenzgebiet zwischen römischen Reich und Germanien, sowie auch in Rom, in der Mitte des ersten Jahrhunderts unserer Zeitrechnung. Viele germanische Männer waren in dieser Zeit willkommene Verbündete und Kämpfer in den römischen Legionen.

Oft schon als Kinder von ihren Vätern zur Ausbildung nach Rom geschickt oder von den Römern als Geiseln genommen, lernten sie das Leben in der Zivilisation kennen und schätzen. Auch als Gladiatoren waren sie berühmt wegen ihres Körperbaues und ihrer Kraft.

Trotz der Annehmlichkeiten des Lebens in Rom entschlossen sich viele, wieder in die Heimat zurück zu kehren. Denn auf der einen Seite hatten sie das freie Land der Stämme, in dem ein jeder gleich war, und auf der anderen Seite das römische Reich, das seine Stärke auch auf den Schultern von unfreien Sklaven aufbaute.

Der Leser wird in die Welt des römischen Kaiserreiches mit seinen Kämpfern, Bürgern, Händlern und Sklaven entführt."

116 Seiten für 7,90 Euro

Aktuelle Informationen und Neuerscheinungen finden sie immer im Internet unter:

www.Goeritz-Netz.de